A METAMORFOSE

COPYRIGHT © FARO EDITORIAL, 2023
COPYRIGHT © FRANZ KAFKA, 1883 - 1924 - DOMÍNIO PÚBLICO
Todos os direitos reservados.
Nenhuma parte deste livro pode ser reproduzida sob quaisquer meios existentes sem autorização por escrito do editor.

VERÍSSIMO é um selo da FARO EDITORIAL.

Diretor editorial **PEDRO ALMEIDA**
Coordenação editorial **CARLA SACRATO**
Preparação **MONIQUE D'ORAZIO**
Revisão **BARBARA PARENTE**
Capa, projeto gráfico e diagramação **REBECCA BARBOZA**
Ilustrações do miolo **FERNANDO MENA**
Ilustrações do prefácio **YEVHENIIA LYTVYNOVYCH E AIRIN. DIZAIN | SHUTTERSTOCK**

Dados Internacionais de Catalogação na Publicação (CIP)
Angélica Ilacqua CRB-8/7057

Kafka, Franz, 1883-1924
　　A Metamorfose / Franz Kafka ; tradução de UNAMA.
-- São Paulo : Faro Editorial, 2023.
　　96 p.

　　ISBN 978-65-5957-367-7
　　Título original: Die Verwandlung

　　1. Ficção austríaca I. Título II. UNAMA

21-5350　　　　　　　　　　　　　　　　　　CDD At833

Índices para catálogo sistemático:

1. Ficção austríaca

Veríssimo

2a edição brasileira: 2023
Direitos de edição em língua portuguesa, para o Brasil, adquiridos por FARO EDITORIAL.

Avenida Andrômeda, 885 — Sala 310
Alphaville — Barueri — SP — Brasil
cep: 06473-000
www.faroeditorial.com.br

KAFKA

A METAMORFOSE

Tradução: UNAMA

Veríssimo

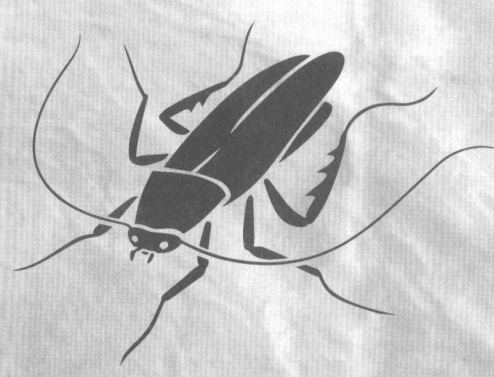

SUMÁRIO

PREFÁCIO:
O BESOURO E A MOSCA — 7

PARTE I — 19

PARTE II — 49

PARTE III — 79

O BESOURO E A MOSCA

POR DAVID CRONENBERG

    Recentemente, ao acordar certa manhã, eu me dei conta de que era um homem de setenta anos de idade. Isso é diferente do que acontece a Gregor Samsa em Metamorfose? Ele acorda e descobre que se transformou num inseto do tamanho de um homem (provavelmente da família dos besouros, se confiarmos no julgamento da sua arrumadeira), mas nem por isso um tipo particularmente robusto de inseto. As nossas reações, a minha e a de Gregor, são bem parecidas. Ficamos confusos e perplexos, e cogitamos que se trata de uma ilusão momentânea que não demorará a se dissipar, deixando-nos seguir com as nossas vidas normalmente. O que pode ter dado origem a essas transformações semelhantes? Você sem dúvida pode antecipar a chegada de um aniversário, por mais longe que ele esteja, e quando ele acontece, você não reage com espanto. E como qualquer amigo bem-intencionado lhe dirá, setenta é só

A METAMORFOSE

um número. Que impacto esse número pode de fato ter numa vida humana física, real e única?

No caso de Gregor, um jovem caixeiro-viajante que passa a noite na casa da sua família em Praga, acordar transformado numa estranha criatura — um híbrido de humano e de inseto — é, para dizer o óbvio, uma completa surpresa, impossível de antecipar; e a reação da sua família — sua mãe, seu pai, sua irmã, sua arrumadeira, sua cozinheira — é recuar tomada de horror, como seria de se esperar. E nenhum membro da família de Gregor se sente compelido a consolar a criatura, comentando, por exemplo, que um inseto também é um ser vivo, e transformar-se num inseto pode ser uma experiência estimulante e edificante para um ser humano medíocre que vive uma vida apagada — então, qual é o problema? De qualquer maneira, esse consolo sugerido não poderia figurar na estrutura da história, porque Gregor pode entender a fala humana, mas não pode ser compreendido quando tenta falar, e por isso a sua família nunca pensa em abordá-lo como se aborda uma criatura com inteligência humana. (É preciso perceber, porém, que em sua banalidade burguesa esses familiares de algum modo aceitam que a criatura seja, inexplicavelmente, o seu Gregor. Nunca ocorre a eles que, por exemplo, um besouro gigante possa ter devorado Gregor; eles não têm imaginação para tanto, e Gregor rapidamente se torna pouco mais que um problema de ordem doméstica.) Sua transformação fecha-o dentro de si mesmo de maneira definitiva, como se ele tivesse sofrido uma total paralisia. Esses dois cenários, o meu e o de Gregor, parecem ser tão diferentes que talvez alguém se pergunte por que me dou ao trabalho de compará-los. Eu argumento que a fonte das transformações é a mesma: nós dois despertamos para

FRANZ KAFKA

uma conscientização forçada do que realmente somos, e essa conscientização é profunda e irreversível; em ambos os casos, a ilusão logo se impõe como uma nova e inevitável realidade, e a vida deixa de ser como era antes.

 A transformação de Gregor é uma sentença de morte, ou, de alguma maneira, um diagnóstico fatal? Por que o besouro Gregor não sobrevive? É o seu cérebro humano — depressivo, triste e melancólico — que trai a força e a determinação básicas do inseto? O cérebro sabota o afã que o inseto tem de sobreviver, e até de comer? O que há de errado com esse besouro? Besouros — insetos da ordem Coleoptera, termo que significa "asa endurecida", "encapsulada" (embora Gregor jamais pareça descobrir as próprias asas, as quais supostamente estão escondidas sob as suas coberturas de asa dura) — são sabidamente resistentes e bem adaptados para sobreviver; há mais espécies de besouros do que qualquer outra ordem na Terra. Bem, nós somos informados de que Gregor tem pulmões ruins, que "não são muito confiáveis, nenhum dos dois"; sendo assim, o besouro Gregor tem pulmões ruins também, ou pelo menos o equivalente num inseto, e talvez esse realmente seja o seu diagnóstico fatal. Ou talvez seja a sua crescente incapacidade de comer que o mata, assim como matou Kafka, que no final tossia sangue e morreu de inanição causada por tuberculose laríngea aos quarenta anos de idade. E quanto a mim? Meu aniversário de setenta anos é uma sentença de morte? Sim, claro que é, e de certa forma isso me encerra dentro de mim mesmo como se eu tivesse sofrido uma paralisia total. E essa revelação é a função da cama, e de sonhar na cama, o cimento no qual as minúcias da vida cotidiana são esmagadas, moídas e misturadas com a memória e o desejo e o medo. Gregor desperta de um

A METAMORFOSE

sonho turbulento que nunca é descrito explicitamente por Kafka. Teria Gregor sonhado que era um inseto, para então acordar e descobrir que era mesmo um? "'Que diabos aconteceu comigo?', ele pensou." "Não era um sonho", Kafka diz, referindo-se ao novo aspecto físico de Gregor, mas nada indica claramente que o seu sonho turbulento foi um sonho premonitório com um inseto. No filme que eu coescrevi e dirigi a partir do conto "A Mosca", de George Langelaan, eu fiz o nosso herói Seth Brundle (interpretado por Jeff Goldblum) dizer — em meio à agonia da sua transformação num abominável híbrido de mosca e ser humano — as seguintes palavras: "Eu sou um inseto que sonhou que era um homem e adorou isso. Mas agora o sonho acabou, e o inseto está desperto". Ele alerta a sua ex-amante para o fato de que agora ele representa perigo para ela, pois é uma criatura desprovida de compaixão e de empatia. Ele abandonou a sua humanidade como uma cigarra abandona a antiga casca, e o que emergiu desse processo já não é mais humano. Ele também sugere que ser um humano, uma consciência que tem a percepção de si mesma, é um sonho que não pode durar, uma ilusão. Gregor também tem problemas para se agarrar ao que resta da sua humanidade, e quando a sua família passa a sentir que a coisa no quarto de Gregor não é mais Gregor, ele começa a sentir o mesmo. Porém, diferente da mosca de Brundle, o besouro de Gregor é uma ameaça para ele próprio apenas e para mais ninguém, e morre de fome e desaparece como um pensamento, enquanto a sua família se regozija e comemora por estar livre do embaraçoso e vergonhoso fardo que ele se tornara.

Quando o filme A Mosca foi lançado em 1986, especulou-se muito que a doença que Brundle causou a si mesmo

FRANZ KAFKA

era uma metáfora para a aids. Isso certamente é compreensível — todos pensaram em aids enquanto o vasto alcance da doença foi se revelando. Para mim, porém, a doença de Brundle era mais fundamental: ele estava envelhecendo, de um modo artificialmente acelerado. Ele era uma consciência que estava consciente de que era um corpo mortal, e com amarga compreensão e humor tomou parte nessa transformação inevitável que todos nós enfrentamos, ou pelo menos aqueles de nós que vivem o bastante para isso. Diferente de Gregor, passivo e prestativo porém anônimo, Brundle era uma estrela no firmamento da ciência, e foi uma experiência temerária e impensada relacionada a transporte de matéria através do espaço (seu dna se misturou com o de uma mosca) que causou o seu drama.

A história de Langelaan, publicada na revista Playboy em 1957, enquadra-se solidamente no gênero de ficção científica, com a elaboração cuidadosa, caprichosa até (duas cabines telefônicas usadas aparecem na história), de todas as técnicas e conceitualizações exibidas por seu herói cientista. A história de Kafka não é ficção científica, claro; não suscita discussão sobre tecnologia, sobre excesso de confiança na investigação científica, nem sobre o uso da pesquisa científica para fins militares. Sem nenhum tipo de artifício de ficção científica, Metamorfose nos obriga a pensar por meio de analogia, de interpretação reflexiva, embora seja revelador que nenhum dos personagens da história, nem mesmo Gregor, chegue alguma vez a pensar dessa maneira. Por que uma represália tão monstruosa teria sido lançada por Deus, ou pelo Destino, sobre eles? Isso teria sido uma punição por algum pecado, por algum segredo de família? Mas ninguém faz esse tipo de reflexão, ninguém busca um sentido para isso, nem mesmo no

A METAMORFOSE

plano existencial mais básico. O bizarro evento é abordado de maneira superficial, banal, materialista, e quase imediatamente ganha contornos de incidente em família, infeliz porém normal, que relutantemente deve ser enfrentado.

Histórias de transformações mágicas sempre fizeram parte do cânone narrativo da humanidade. Elas dão voz àquele nosso sentimento universal de empatia por todas as formas de vida; elas expressam aquele desejo por transcendência que todas as religiões também expressam; elas nos levam a imaginar se a transformação em outra criatura viva seria uma prova da possibilidade de reencarnação e de algum tipo de vida após a morte — um conceito religioso e auspicioso, portanto, por mais detestável ou desastrosa que seja a narrativa. Certamente o meu Brundle-Mosca experimenta momentos insanos de força e poder, convencido de que combinou os melhores componentes do humano e do inseto para se tornar um ser dotado de superpoderes, ele se nega a enxergar em sua evolução pessoal nada que não seja vitória, mesmo quando começa a perder as partes humanas do seu corpo, as quais ele guarda com cuidado num armário de remédios. Ele se refere a esse armário como Museu de História Natural de Brundle.

Não há nada disso em Metamorfose. O Samsa-Besouro mal tem consciência de que é um híbrido, embora se entretenha como um híbrido sempre que pode, seja pendurando-se no teto e rastejando por entre a bagunça e a sujeira do seu quarto (prazeres de besouro), seja escutando a música que a sua irmã toca no violino (prazer humano). Mas a família Samsa é o referencial do Samsa-Besouro, e é a prisão dele, e sua subserviência às necessidades da família — antes e depois da sua transformação — o leva, no fim

FRANZ KAFKA

das contas, a perceber que seria mais conveniente para os seus se ele simplesmente sumisse; seria uma expressão do amor de Gregor por eles, na realidade, e é justamente o que Gregor faz, morrendo em silêncio. A curta porém fantástica vida do Samsa-Besouro se desenrola num contexto definitivamente mundano e funcional, e não consegue instigar nos personagens da história o menor indício de meditação, de filosofia ou de reflexão profunda. Por outro lado, quão semelhante seria a história se naquela fatídica manhã a família Samsa encontrasse no quarto do filho não um jovem e vibrante caixeiro-viajante, mas um velho de oitenta e nove anos de idade, confuso, meio cego e que mal conseguisse andar, e que usasse bengalas que lembrassem pernas de inseto; um homem que balbuciasse coisas incoerentes e sujasse as calças, e nas sombras da sua demência projeta raiva e produz culpa? Se, quando Gregor Samsa acordasse certa manhã de um sonho tortuoso, ele se visse transformado num velho demente, incapacitado e difícil, bem em cima da sua cama? Sua família fica horrorizada, mas de alguma maneira consegue identificar Gregor ali, ainda que transformado. Com o tempo, porém, como na versão da história em que ele se transforma em besouro, a família decide que ele não é mais o seu Gregor, e que desaparecer seria uma bênção para ele.

Na época da turnê de divulgação do filme A Mosca, perguntaram-me muitas vezes qual inseto eu gostaria de ser se eu passasse por uma transformação entomológica. Minhas respostas variavam, dependendo do meu humor, embora eu tivesse predileção pela libélula, não apenas por seu voo espetacular, mas também pela originalidade do seu selvagem estágio subaquático de ninfa, com suas mortais mandíbulas, extensas e flexíveis. Além disso, a ideia de

A METAMORFOSE

acasalar em pleno ar pode ser interessante, eu imagino. "Essa libélula não seria a sua alma, voando na direção do céu?", alguém comentou. "Não é isso o que você está realmente buscando?" Não, na verdade não, eu disse. Eu seria mesmo uma simples libélula, e então, se eu conseguisse evitar ser comido por um sapo ou por um pássaro, eu acasalaria, e no final do verão eu morreria.

DAVID CRONENBERG,
cineasta premiado que dirigiu dezenas de grandes produções, entre elas: *A Mosca*, *Crash — Estranhos Prazeres* e *Madame Butterfly*.

I

"CERTA MANHÃ, AO DESPERTAR DE SONHOS INTRANQUILOS, GREGOR SAMSA SE VIU EM SUA CAMA METAMORFOSEADO NUM MONSTRUOSO INSETO."

I

Certa manhã, ao despertar de sonhos intranquilos, Gregor Samsa se viu em sua cama metamorfoseado num monstruoso inseto. Estava deitado sobre as costas tão rígidas que pareciam de metal, e, ao levantar um pouco a cabeça, avistou o ventre arredondado e castanho, dividido em duros segmentos arqueados, sobre o qual a colcha mal se mantinha e estava a ponto de escorregar. As inúmeras pernas, miseravelmente finas em relação ao volume do corpo, agitavam-se desesperadamente diante de seus olhos.

"O que aconteceu comigo?", pensou.

Não era nenhum sonho. O quarto, tipicamente humano, ainda que pequeno demais, estava ali como de costume, entre as quatro paredes que lhe eram familiares. Acima da mesa, onde se espalhava uma amostra de tecidos — Samsa era caixeiro-viajante —, estava pendurada a fotografia que recentemente recortara de uma revista ilustrada e colocara numa bonita moldura dourada. Mostrava uma dama de chapéu e estola de peles, sentada de modo rígido, estendendo ao espectador um enorme regalo de pele que lhe cobria o antebraço inteiro. Gregor desviou então a vista

A METAMORFOSE

para a janela e notou o céu nublado — ouviam-se os pingos de chuva batendo na calha da janela —, o que o fez sentir-se bastante melancólico.

"Não seria melhor dormir um pouco e esquecer todo esse delírio?", cogitou. Mas era impossível: estava acostumado a dormir do lado direito, só que naquela situação não conseguia se virar. Por mais que se esforçasse a inclinar o corpo para a direita, tornava sempre a se desvirar e permanecer de costas. Tentou pelo menos cem vezes, fechando os olhos para não ver as pernas debatendo-se, e só desistiu quando começou a sentir no flanco uma ligeira dor entorpecida que nunca antes tinha experimentado.

"Oh, meu Deus", pensou, "que profissão cansativa eu escolhi! Viajar, dia após dia. A agitação comercial é muito maior do que na sede da empresa e, ainda por cima, há o desconforto de andar sempre viajando, preocupado com as conexões dos trens, com a cama e com as refeições irregulares e ruins, com os conhecidos casuais, sempre novos e que nunca se tornam amigos íntimos. Que o diabo carregue tudo isso!"

Sentiu uma leve coceira na barriga; arrastou-se lentamente sobre as costas — mais para cima na cama, de modo a conseguir mexer a cabeça com mais facilidade —, identificou o local da coceira, rodeado por uma série de manchinhas brancas cuja natureza não compreendeu no momento, e fez menção de tocar ali com uma perna, mas imediatamente a retirou, pois, ao seu contato, sentiu um arrepio gelado.

Deixou-se escorregar novamente para a posição inicial.

"Isso de levantar cedo", pensou, "deixa a pessoa estúpida. O ser humano necessita de sono. Há outros comerciantes que vivem como mulheres de harém. Por exemplo, quando volto para o hotel de manhã, para anotar as minhas encomendas, esses homens ainda estão sentados à mesa para tomar o café. Se

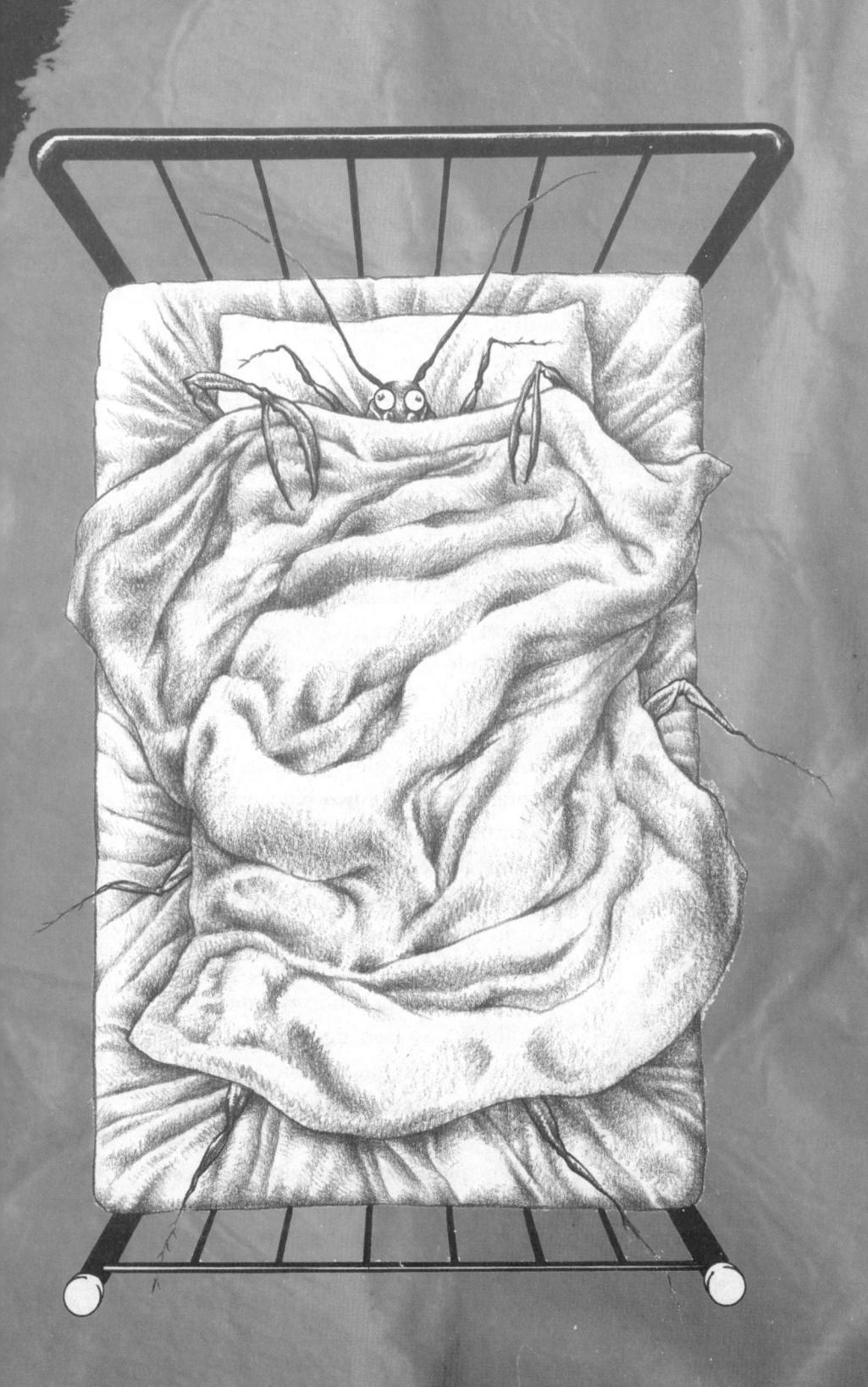

A METAMORFOSE

eu sequer tentasse fazer assim com o meu patrão, seria logo despedido. Bem, quem sabe não fosse melhor para mim. Se não tivesse que me segurar, por causa dos meus pais, há muito tempo eu teria me demitido; conversaria com o patrão e diria exatamente o que penso dele. Ele cairia da mesa! Também é um hábito esquisito esse de ficar sentado atrás de uma mesa e falar do alto com os empregados, ainda mais porque eles têm de aproximar-se bastante, já que o patrão é ruim de ouvido. Bem, ainda há uma esperança; assim que eu tiver economizado o suficiente para pagar o que os meus pais lhe devem — ainda daqui a uns cinco ou seis anos —, faço-o, com certeza. Então vou me libertar completamente. Mas, por ora, o melhor é me levantar, porque o meu trem parte às cinco."

Olhou para o despertador, que fazia tique-taque na cômoda.

"Pai do céu!", pensou.

Eram seis e meia, e os ponteiros moviam-se em silêncio, até já passava da meia hora, era quase quinze para as sete. Será que o despertador não tinha tocado? Da cama, via-se que estava ajustado corretamente para as quatro; claro que devia ter tocado. Sim, mas seria possível dormir tranquilo no meio daquele barulho que fazia sacudir os móveis? Bem, ele não tinha dormido tranquilo; mas talvez por isso devia ter dormido pesado. E o que faria agora? O próximo trem saía às sete; para pegá-lo tinha de correr como um doido, só que as amostras ainda não estavam embrulhadas e ele próprio não se sentia particularmente disposto e ativo. E, mesmo que apanhasse o trem, não conseguiria evitar uma repriménda do chefe, já que o contínuo da firma devia ter ficado esperando o trem das cinco e já comunicado a sua ausência havia muito tempo. O contínuo era um instrumento do patrão, invertebrado e idiota. Bem, e se dissesse que estava doente? Mas isso seria muito desagradável e pareceria suspeito; afinal, durante cinco anos de emprego, ele nunca se ausentara por doença. O próprio patrão certamente iria a sua casa com o médico do sistema de saúde, repreenderia os pais pela preguiça do filho e desprezaria todas as desculpas, recorrendo ao médico que, evidentemente, considerava toda a humanidade um bando de falsos doentes perfeitamente saudáveis, mas indispostos para o trabalho. E por acaso desta vez ele estaria equivocado? De fato, Gregor sentia-se razoavelmente bem, exceto por uma sonolência supérflua depois de um sono tão longo, e até mesmo esfomeado.

À medida que tudo isso passava pela sua mente em grande velocidade, sem conseguir decidir se sairia ou não da cama — o despertador acabava de indicar quinze para as sete —, ouviram-se batidas cautelosas na porta atrás da cabeceira da cama.

— Gregor — disse uma voz, a de sua mãe —, são quinze para as sete. Você não tem de pegar o trem?

Aquela voz suave! Gregor teve um choque ao ouvir a sua própria voz responder-lhe, inequivocamente a sua voz, mas com um horrível e persistente guincho chilreante de fundo, que conservava a forma distinta das palavras apenas no primeiro momento, para então subir de tom, ecoando em torno delas, até lhes destruir o sentido, de tal modo que não se podia ter a certeza de tê-las ouvido corretamente. Gregor queria dar uma resposta longa, explicando tudo, mas, em tais circunstâncias, limitou-se a dizer:

— Sim, sim, obrigado, mãe, já vou me levantar.

A METAMORFOSE

A mudança na voz de Gregor não devia ter sido ouvida através da porta de madeira que os separava, pois a mãe contentou-se com a resposta e se afastou arrastando os chinelos. Essa breve troca de palavras tinha feito os outros membros da família notarem que Gregor estava ainda em casa, ao contrário do que se esperava, e então o pai foi e bateu em uma das portas laterais, suavemente, mas com o punho.

— Gregor, Gregor — chamou —, o que você tem? — E, pouco depois, com voz mais firme: — Gregor! Gregor!

Junto da outra porta lateral, a irmã chamou, em tom baixo e quase lamentoso:

— Gregor? Não está se sentindo bem? Precisa de alguma coisa?

Ele respondeu a ambos ao mesmo tempo:

— Já estou pronto.

E esforçou-se o máximo para que a voz soasse tão normal quanto possível, pronunciando as palavras muito claramente e fazendo grandes pausas entre elas. Assim, o pai voltou ao desjejum, mas a irmã disse baixinho:

— Gregor, abra essa porta, anda.

Ele não pretendia abri-la e sentia-se grato pelo hábito prudente que adquirira nas viagens de fechar todas as portas à chave durante a noite, mesmo em casa.

Queria primeiro se levantar tranquilamente, sem ser incomodado, vestir-se e, sobretudo, tomar o café da manhã, e só depois pensar sobre o que mais havia a fazer, dado que na cama, ele bem sabia, as meditações não o levariam a nenhuma conclusão sensata. Lembrava-se de muitas vezes ter sentido pequenas dores enquanto estava deitado, provavelmente causadas por posições incômodas, mas que tinham se revelado puramente imaginárias assim que se levantava. Ele ansiava fortemente por ver as ilusões daquela manhã se desfazerem pouco a pouco.

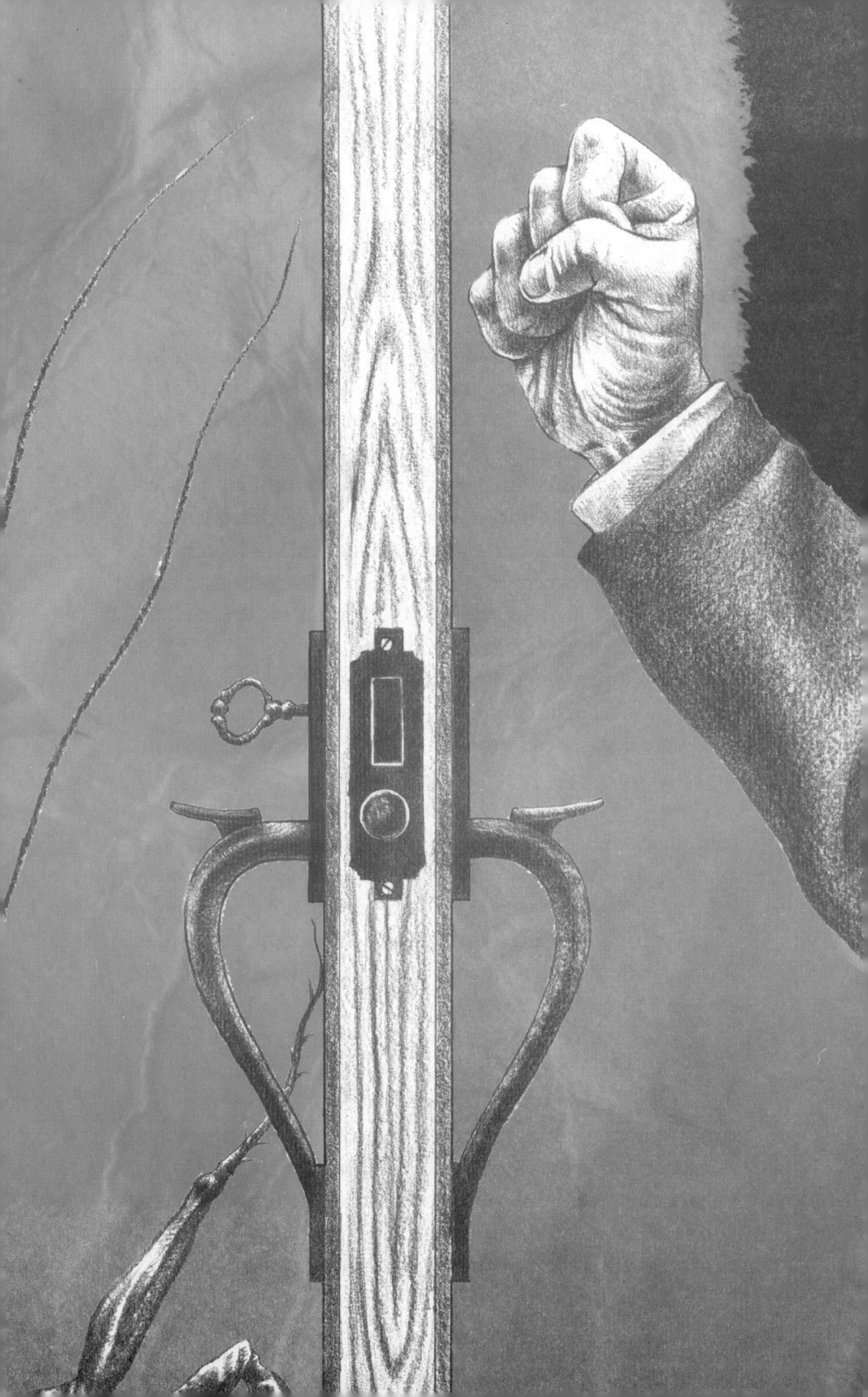

A METAMORFOSE

Quase não lhe restavam dúvidas de que a alteração da voz indicava o prenúncio de um forte resfriado, doença permanente dos caixeiros-viajantes.

Libertar-se da colcha foi tarefa muito fácil: bastou-lhe inchar um pouco o corpo para que ela caísse por si. No entanto, o movimento seguinte foi complicado, especialmente devido à sua largura incomum. Precisaria de braços e mãos para se erguer; em lugar disso, tinha apenas as inúmeras perninhas, que não cessavam de se agitar em todas as direções e as quais ele não conseguia controlar de modo algum. Quando tentava dobrar uma delas, esta era a primeira a se esticar, e, ao conseguir finalmente que uma fizesse o que ele queria, todas as outras se sacudiam livremente, numa dolorosa e intensa agitação.

"Mas de que adianta ficar na cama assim sem fazer nada?", perguntou Gregor a si próprio.

Pensou que talvez conseguisse sair da cama deslocando em primeiro lugar a parte inferior do corpo, mas esta, que ele não tinha visto ainda e da qual não podia ter uma ideia nítida, revelou-se difícil de mover, de tão lentamente que se deslocava; quando, por fim, quase enfurecido de contrariedade, reuniu todas as forças e deu um impulso imprudente, calculou mal a direção e bateu pesado na extremidade inferior da cama. A dor lancinante lhe ensinou que aquela talvez fosse a parte mais sensível do seu corpo agora.

Assim, tentou levantar primeiro a parte superior, deslizando cuidadosamente a cabeça para a borda da cama. Pareceu mais fácil e, apesar da sua largura e volume, o corpo acabou por acompanhar lentamente o movimento da cabeça. Ao conseguir, por fim, movê-la até à borda da cama, sentiu-se assustado demais para prosseguir o avanço, dado que, no fim das contas, caso se deixasse cair naquela posição, só um milagre o salvaria de machucar a cabeça. E, custasse o que custasse, não podia perder os sentidos àquela altura, precisamente àquela altura; era preferível ficar na cama.

Quando, após repetir os mesmos esforços, voltou a ficar deitado na mesma posição de antes, suspirando, e viu as perninhas se chocando umas com as outras, talvez ainda mais violentamente do que nunca, sem encontrar maneira de pôr ordem naquela confusão, repetiu a si próprio que era impossível ficar na cama e que o mais sensato seria arriscar tudo pela menor esperança de se libertar dela. Ao mesmo tempo, não se esquecia de ir recordando a si mesmo que a reflexão fria, o mais fria possível, era muito melhor do que qualquer resolução desesperada. A essa altura, tentava focar a vista o máximo possível na janela; mas, infelizmente, a perspectiva da neblina matinal, que inclusive ocultava o outro lado da rua estreita, pouco alívio e coragem lhe trazia.

— Já são sete horas — disse, quando o despertador voltou a bater —, sete horas, e ainda um nevoeiro tão denso.

Por momentos, deixou-se ficar quieto, a respiração fraca, como se esperasse que um repouso completo devolvesse todas as coisas à sua situação real e comum.

A seguir, disse a si mesmo:

— Antes de bater sete e quinze, tenho que estar fora desta cama. De qualquer maneira, a essa hora já terá vindo alguém do escritório perguntar por mim, pois lá abrem antes das sete.

E pôs-se a balançar o corpo todo ao mesmo tempo, num ritmo regular, tentando rebocá-lo para fora da cama. Caso se desequilibrasse naquela posição, podia proteger a cabeça de qualquer pancada se a erguesse ao cair. O dorso parecia duro e não sofreria qualquer dano com uma queda no tapete. Sua preocupação era o barulho que provocaria e que causaria senão terror, ao menos ansiedade do lado de fora e em todas as portas. Mesmo assim, devia correr o risco.

A METAMORFOSE

Quando estava quase fora da cama — o novo processo era mais um jogo que um esforço, dado que apenas precisava rebolar, balouçando-se para um lado e para outro —, pensou em como seria fácil se conseguisse ajuda. Duas pessoas fortes — pensou no pai e na criada — seriam mais que o suficiente; só precisariam colocar os braços por baixo do dorso convexo, levantá-lo para fora da cama, curvarem-se com o fardo e em seguida aguardar que ele conseguisse se virar completamente sobre o chão, onde era de esperar que as perninhas encontrassem então a função própria. Bem, sem mencionar o fato de todas as portas estarem fechadas à chave, será que deveria mesmo pedir ajuda? A despeito da sua infelicidade, não podia deixar de sorrir diante da simples ideia de tentar.

Tinha chegado tão longe que mal podia manter o equilíbrio quando se balançava com força e em breve teria de se encher de coragem para a decisão final, visto que dali a cinco minutos seriam sete e quinze... foi quando soou a campainha da porta.

— É alguém do escritório — disse com os seus botões, e ficou quase rígido, ao mesmo tempo que as perninhas se limitavam a agitar-se ainda mais depressa. Por instantes, tudo ficou silencioso. — Não vão abrir a porta — disse Gregor, para si, agarrando-se a qualquer esperança irracional.

Em seguida, como de costume, a criada foi à porta da frente com o seu andar pesado e abriu. Gregor apenas precisou ouvir o primeiro bom-dia do visitante para imediatamente saber quem era: o gerente do escritório em pessoa. Que sina, estar condenado a trabalhar numa firma em que a menor omissão dava imediatamente asa à maior das suspeitas! Por acaso todos os empregados não passavam de malandros? Não havia entre eles um único homem devotado e leal que, tendo uma única manhã perdido algumas horas de trabalho na firma ou coisa parecida, fosse tão atormentado pela consciência que perdesse a cabeça de remorso e ficasse realmente incapaz de se levantar da cama? Não teria bastado mandar um aprendiz perguntar — se é que de fato fosse necessário fazer qualquer pergunta? Teria que vir o próprio gerente, dando assim a conhecer a toda uma família inocente que aquela circunstância suspeita não podia ser investigada por ninguém menos versado nos negócios do que ele próprio? E, mais pela agitação provocada por tais reflexões do que por qualquer desejo, Gregor rebolou com toda a força para fora da cama. Houve um baque sonoro, mas não propriamente um estrondo. A queda foi, até certo ponto, amortecida pelo tapete; e o dorso também era menos duro do que ele pensava, de modo que foi apenas um baque surdo, nem por isso muito alarmante. Ele apenas não erguera a cabeça com cuidado suficiente e batera com ela; virou-a e esfregou-a no tapete, de dor e irritação.

— Alguma coisa caiu ali dentro — disse o gerente do escritório, na sala contígua, à esquerda.

Gregor tentou supor em seu íntimo que um dia poderia acontecer ao gerente qualquer coisa como a que naquele dia acontecera a ele; ninguém podia negar que era possível. Como em brusca resposta a essa suposição, o gerente deu alguns passos firmes na sala ao lado, fazendo ranger as botas de couro envernizado. Do quarto da direita, a irmã segredava para informá-lo da situação:

— Gregor, seu gerente está aqui.

— Eu sei — murmurou Gregor para si, sem ousar erguer a voz o suficiente para a irmã ouvir.

— Gregor — disse então o pai, do cômodo à esquerda —, seu gerente está aqui e quer saber por que você não apanhou o primeiro trem. Não sabemos o que dizer para ele. Além disso, ele quer falar com você pessoalmente. Abra essa porta, faça-me o favor. Decerto ele não vai reparar na desarrumação do quarto.

A METAMORFOSE

— Bom dia, sr. Samsa — cumprimentou então amistosamente o gerente.

— Ele não está bem — disse a mãe ao visitante, ao mesmo tempo que o pai falava ainda através da porta. — Ele não está bem, senhor, pode acreditar. Se estivesse, ele alguma vez ia perder um trem?! O rapaz só pensa no trabalho. Quase me zango com a mania que ele tem de nunca sair à noite; há oito dias que está em casa e não houve uma única noite que não ficasse em casa. Senta-se ali à mesa, muito sossegado, lendo o jornal ou consultando os horários dos trens. O único divertimento dele é talhar madeira. Passou duas ou três noites cortando uma moldurazinha de madeira; o senhor ficaria admirado se visse como ela é bonita. Está pendurada no quarto dele. Num instante o senhor vai vê-la, assim que Gregor abrir a porta. Devo dizer que estou muito feliz que o senhor tenha vindo. Sozinhos, nunca conseguiríamos que ele abrisse a porta; ele é tão teimoso... E tenho certeza de que ele não está bem, apesar de ter dito logo cedo que estava.

— Já vou — disse Gregor, lenta e cuidadosamente, não se mexendo um centímetro, com receio de perder uma só palavra da conversa.

— Não imagino qualquer outra explicação, minha senhora — disse o gerente do escritório. — Espero que não seja nada de grave. Embora, por outro lado, deva dizer que nós, homens de negócios, feliz ou infelizmente, temos muitas vezes de ignorar qualquer ligeira indisposição para não prejudicarmos os negócios.

— Bem, seu gerente pode entrar? — perguntou o pai de Gregor, já impaciente, tornando a bater à porta.

— Não — respondeu Gregor.

Na sala da esquerda seguiu-se um doloroso silêncio a essa recusa, enquanto no compartimento da direita a irmã começava a soluçar.

FRANZ KAFKA

Por que a irmã não se juntava aos outros? Provavelmente tinha se levantado da cama havia pouco tempo e ainda nem começara a se vestir. Bem, por que ela estava chorando? Por ele não se levantar e não abrir a porta ao gerente, pois corria perigo de perder o emprego e o patrão começar outra vez a perseguir seus pais para pagarem as antigas dívidas? Evidentemente, naquele instante, ninguém tinha de se preocupar com aquelas coisas. Gregor estava ainda em casa e não cogitava nem por um instante abandonar a família. Tudo bem que, naquele momento, estava deitado no tapete e ninguém conhecedor da sua situação poderia esperar seriamente que ele abrisse a porta ao gerente. Mas, por essa pequena descortesia, que poderia ser explicada a contento mais tarde, Gregor por certo não seria despedido sem mais nem menos. E lhe parecia muito mais sensato deixarem-no em paz por enquanto do que atormentá-lo com lágrimas e súplicas. É claro que a incerteza e a desorientação deles desculpava aquele comportamento.

— Sr. Samsa — clamou então o gerente do escritório, em voz mais alta —, o que se passa com o senhor? Está aí entrincheirado no quarto, respondendo "sim" e "não", dando uma série de preocupações desnecessárias aos seus pais e, diga-se de passagem, negligenciando suas obrigações profissionais de uma maneira que nunca vi igual! Estou falando em nome dos seus pais e do seu patrão e lhe peço muito seriamente uma explicação precisa e imediata. O senhor me espanta; o senhor me espanta. Achei que fosse uma pessoa sossegada, em quem se confiar, mas de repente parece determinado a dar demonstrações de caprichos estranhos. De fato, o patrão me sugeriu esta manhã uma explicação possível para o seu desaparecimento, relacionada ao dinheiro dos pagamentos que recentemente lhe foi confiado, mas eu quase dei minha solene palavra de honra de que não podia ser nada disso. Porém, agora que

A METAMORFOSE

vejo como o senhor é terrivelmente obstinado, não tenho o menor desejo de fazer a sua defesa. E sua posição na firma não é mais assim tão garantida. Vim com a intenção de lhe dizer isso em particular, mas, visto que o senhor está tomando meu tempo tão desnecessariamente, não vejo razão para que seus pais não ouçam também. Já faz algum tempo que o seu trabalho vem deixando muito a desejar. Esta época do ano não é ideal para os negócios, claro, devemos admitir, mas, uma época do ano para não fazer negócio absolutamente nenhum, essa não existe, sr. Samsa, não pode existir.

— Mas, senhor! — gritou Gregor, fora de si e, na sua agitação, esquecendo todo o resto: — Vou abrir a porta agora mesmo. Tive uma ligeira indisposição, um ataque de tonturas, que não permitiu que eu me levantasse. Ainda estou na cama, mas me sinto bem outra vez. Estou me levantando agora. Só me dê mais um minuto ou dois! Está sendo um pouco mais difícil do que eu pensei, mas estou bem, dou minha palavra. Como uma coisa dessas pode derrubar a gente desse jeito... Ainda ontem à noite eu me encontrava em perfeito estado, como meus pais podem atestar; aliás, na verdade, ontem à noite tive um leve pressentimento. Devo ter mostrado indícios disso. Por que não o comuniquei ao escritório? Mas uma pessoa pensa sempre que uma indisposição há de passar sem que seja necessário ficar em casa. Senhor, poupe os meus pais! Tudo isso pelo que o senhor me repreende não tem qualquer fundamento; nunca ninguém me disse uma palavra sobre isso. Talvez não tenha visto as últimas encomendas que mandei. De qualquer maneira, ainda posso apanhar o trem das oito; estou muito melhor depois deste descanso de algumas horas. Não se prenda por mim, senhor; daqui a pouco vou para o escritório e vou estar bom o suficiente para relatar ao patrão e lhe apresentar desculpas!

 Ao mesmo tempo que Gregor dizia tudo isso de forma tão desordenada, mal sabia o que estava falando, chegou facilmente à cômoda, talvez devido à prática adquirida na cama, e tentava agora erguer-se em pé, socorrendo-se dela. Desejava efetivamente abrir a porta, mostrar-se como estava e falar com o gerente; estava ansioso para saber, depois de todas as insistências, o que diriam os outros ao vê-lo. Se ficassem horrorizados, a responsabilidade já não seria mais sua e ele poderia se tranquilizar. Mas, se o aceitassem calmamente, também não teria razão para preocupar-se, e podia realmente chegar à estação a tempo de apanhar o trem das oito, se andasse depressa. A princípio escorregou algumas vezes pela superfície envernizada da cômoda, mas, aos poucos, com uma última elevação, pôs-se de pé, e deixou de dar importância às dores na parte inferior do corpo embora ainda o atormentassem. Depois, deixou-se cair apoiado no encosto de uma cadeira próxima, a cujas bordas agarrou-se com as perninhas. Isso lhe devolveu o controle sobre si mesmo, e assim ele parou de falar, pois agora podia prestar atenção ao que o gerente estava dizendo.

 — Por acaso entenderam uma única palavra? — perguntou o gerente. — Com certeza ele não está tentando nos fazer de tolos, está?

 — Ah, meu Deus! — exclamou a mãe, em pranto. — Talvez ele esteja terrivelmente doente e nós o estejamos atormentando. Grete! Grete! — chamou a seguir.

 — Sim, mãe? — respondeu a irmã do outro lado. Chamavam uma pela outra através do quarto de Gregor.

A METAMORFOSE

— Você precisa chamar o médico imediatamente. Gregor está doente. Vá chamar o médico, depressa. Ouviu como ele estava falando?

— Aquilo não era voz humana — disse o gerente do escritório, numa voz perceptivelmente baixa em comparação à estridência da mãe.

— Anna! Anna! — chamou o pai, através da parede para a cozinha, batendo palmas, vá buscar já um serralheiro!

E as moças saíram apressadas pelo corredor, com um silvo de saias — como a irmã podia ter se vestido tão depressa? —, e escancararam a porta da rua. Não se ouviu o som da porta sendo fechada em seguida; tinham-na deixado aberta, evidentemente como se faz em casas onde aconteceu uma grande desgraça.

Mas Gregor estava agora muito mais calmo. Aparentemente, as palavras que pronunciava já não eram inteligíveis, embora lhe parecessem distintas, mais distintas mesmo que antes, talvez porque o ouvido tivesse se acostumado ao som delas. Fosse como fosse, as pessoas julgavam agora que ele estava mal e estavam prontas a ajudá-lo. A confiança e a certeza com que aquelas primeiras medidas tinham sido tomadas o confortavam. Sentia-se uma vez mais impelido para o círculo humano e confiava em grandes e notáveis resultados, quer do médico, quer do serralheiro, sem lhes fazer distinção. No intuito de tornar a voz tão clara quanto possível para a conversa que estava agora iminente, tossiu um pouco, o mais silenciosamente que pôde, claro, uma vez que o ruído também podia não soar como o da tosse humana, até onde poderia imaginar. Enquanto isso, na sala contígua havia silêncio completo. Talvez os pais estivessem sentados à mesa com o gerente de escritório, aos sussurros, ou talvez se encontrassem todos encostados à porta, tentando ouvir.

Lentamente, Gregor empurrou a cadeira em direção à porta, largou-a em seguida, agarrou-se à porta para se amparar em pé — as plantas nas extremidades das perninhas eram levemente pegajosas — e descansou, apoiado contra ela por um momento, depois daqueles esforços. A seguir, empenhou-se em girar a chave na fechadura, utilizando para isso a boca. Infelizmente, parecia que não possuía nenhum dente — como havia de segurar a chave? —, mas, por outro lado, as mandíbulas eram indubitavelmente fortes; com a ajuda delas, conseguiu pôr a chave em movimento, sem prestar atenção que estava causando um dano a si mesmo, já que havia um fluido castanho saindo de sua boca, e que escorria pela chave e pingava no chão.

— Ouçam só — disse o gerente, na sala contígua —, ele está girando a chave.

Foi um grande encorajamento para Gregor; mas todos deveriam animá-lo com gritos de encorajamento, o pai e a mãe também.

— Isso, Gregor! — deveriam gritar. — Continue, agarre-se bem a essa chave!

E, na crença de que estavam todos acompanhando atentamente os seus esforços, ele cerrou com imprudência as mandíbulas na chave, com todas as forças de que dispunha. À medida que a rotação progredia, ele torneava a fechadura, segurando-se agora só com a boca, empurrando a chave, ou puxando-a para baixo com todo o peso do corpo, de acordo com a necessidade. O estalido mais sonoro da fechadura, que enfim cedia, literalmente despertou Gregor. Com um profundo suspiro de alívio, disse para si mesmo:

— Afinal, não precisei do serralheiro.

E encostou a cabeça à maçaneta, para abrir completamente a porta.

Como tinha de puxar a porta para si, manteve-se oculto, mesmo quando ela ficou escancarada. Teve de deslizar

A METAMORFOSE

lentamente para contornar a folha da porta, manobra que lhe exigiu grande cuidado para que não acabasse caindo em cheio de costas, mesmo ali no limiar. Estava ainda empenhado nessa operação, sem tempo para observar qualquer outra coisa, quando ouviu o gerente soltar um alto "Oh!", que mais parecia um rugido do vento; foi então que o viu, de pé junto à porta, com a mão trêmula tapando a boca aberta e recuando, como se impelido por alguma súbita força invisível. A mãe, que apesar da presença do gerente tinha o cabelo ainda em desalinho, espetado em todas as direções, começou a retorcer as mãos e olhar para o pai. Em seguida, deu dois passos em direção a Gregor e tombou no chão, num torvelinho de saias, o rosto escondido no peito. O pai cerrou os punhos com um ar cruel, como se quisesse obrigar Gregor a voltar para o quarto com um murro; depois, olhou perplexo em torno da sala de estar, cobriu os olhos com as mãos e desatou a chorar, o peito vigoroso sacudido por soluços.

Gregor não entrou na sala, mantendo-se encostado à parte interior da folha da porta dupla travada, deixando apenas metade do corpo à vista, a cabeça tombando de um lado para o outro, com a qual ele via os demais. Nesse meio-tempo, a manhã tornara-se mais límpida. Do outro lado da rua, via-se, nítida, uma parte do edifício cinza-escuro interminavelmente longo — o hospital —, com uma fila de janelas iguais que interrompiam sua fachada. Chovia ainda, mas eram apenas grandes pingos bem visíveis que caíam um a um. Sobre a mesa espalhava-se a louça do café da manhã, já que esta era para o pai de Gregor a refeição mais importante, e assim ele a prolongava durante horas percorrendo diversos jornais. Na parede imediatamente diante de Gregor, havia uma fotografia pendurada que o mostrava fardado de tenente, no tempo em que fizera o serviço militar, a mão na espada e um sorriso despreocupado na face, que impunha respeito pelo uniforme e pelo seu porte militar.

    A porta que dava para o vestíbulo estava aberta, vendo-se também aberta a porta de entrada, para além da qual se avistava o terraço e os primeiros degraus da escada.

    — Bem — disse Gregor, com perfeita consciência de ser o único que mantinha certa compostura —, vou me vestir, guardar o mostruário e sair. Querem mesmo me deixar sair? Como vê, não sou obstinado e tenho vontade de trabalhar. A profissão de caixeiro-viajante é dura, mas não posso viver sem ela. Para onde o senhor vai? Para o escritório? Sim? Vai contar lá exatamente o que aconteceu? Uma pessoa pode ficar temporariamente incapacitada, mas essa é a hora certa para recordar os serviços anteriores e ter em mente que mais tarde, vencida a incapacidade, a pessoa certamente trabalhará com mais diligência e concentração. Tenho uma dívida de lealdade para com o patrão, como o senhor bem sabe. Além disso, tenho de olhar pelos meus pais e pela minha irmã. Estou passando por uma situação difícil, mas acabarei vencendo. Não torne as coisas mais complicadas para mim do que elas já são. Tome o meu partido na empresa! Eu bem sei que os caixeiros-viajantes não são muito bem-vistos no escritório. Pensam que eles levam uma vida estupenda e ganham rios de dinheiro, no entanto trata-se de um preconceito que não encontra nenhuma oportunidade para ser reconsiderado. Mas o senhor vê as coisas profissionais de uma maneira mais compreensiva do que o resto do pessoal, e até mesmo, digo cá entre nós, mais compreensiva do que o próprio patrão, que, sendo o proprietário, facilmente se deixa influenciar contra qualquer um dos empregados. E o senhor bem sabe que o caixeiro-viajante, que durante todo o ano raramente está no escritório, é muitas vezes vítima de injustiças, do azar e de queixas injustificadas,

A METAMORFOSE

das quais normalmente nada sabe, a não ser quando regressa, exausto das andanças, e só nesse momento sofre em pessoa suas funestas consequências; para elas, não consegue descobrir as causas originais. Peço-lhe, por favor, que não vá embora sem me dar ao menos uma palavra mostrando que o senhor me dá razão, nem que seja em parte!

O gerente do escritório recuara logo às primeiras palavras de Gregor e limitava-se a fitá-lo embasbacado, retorcendo os lábios, por cima do ombro crispado. Enquanto Gregor falava, não estivera quieto nem um momento, procurando, sem desviar os olhos, esgueirar-se para a porta, centímetro a centímetro, como se obedecesse a alguma ordem secreta para abandonar a sala. Estava junto ao vestíbulo, e a maneira súbita como deu um último passo para sair levaria a crer que tinha posto o pé em cima de uma brasa. No vestíbulo, estendeu o braço direito para as escadas, como se qualquer poder sobrenatural o aguardasse ali para libertá-lo.

Gregor percebeu que, se quisesse que a sua posição na firma não corresse sérios riscos, não podia de modo algum permitir que o gerente saísse naquele estado de espírito. Os pais não entendiam muito bem nada daquele acontecimento; ao longo dos anos, tinham-se convencido de que Gregor estava instalado na firma para toda a vida e, além disso, estavam tão consternados com suas preocupações imediatas que nem lhes ocorria pensar no futuro. Gregor, porém, pensava. Era preciso deter, acalmar, persuadir e, por fim, conquistar o gerente do escritório. Seu futuro e o de sua família, dependiam disso! Se ao menos a irmã estivesse ali! Era inteligente; começara a chorar quando Gregor estava ainda deitado de costas na cama. E por certo o gerente, parcial como era em relação às mulheres, acabaria se deixando levar por ela. Ela teria fechado a porta de entrada e, no vestíbulo, dissiparia o horror. Mas ela não estava

FRANZ KAFKA

e Gregor teria de enfrentar sozinho a situação. E, sem refletir que não sabia ainda de que capacidade de movimentos dispunha, sem se lembrar sequer de que havia todas as possibilidades, e até todas as probabilidades, de as suas palavras serem mais uma vez ininteligíveis, afastou-se do umbral da porta, deslizou pela abertura e começou a caminhar na direção do gerente, que estava agarrado com ambas as mãos ao corrimão da escada que dava para o terraço. Subitamente, ao procurar apoio, Gregor tombou para a frente, com um grito débil, por sobre as inúmeras pernas. Mas, nessa posição, experimentou pela primeira vez naquela manhã uma sensação de conforto físico. Tinha as pernas em terra firme; obedeciam-lhe completamente, conforme ele observou com alegria, e esforçavam-se até para impeli-lo em qualquer direção que pretendesse. Sentia-se tentado a pensar que estava ao seu alcance um alívio final para todo o sofrimento. No preciso momento em que se encontrou no chão, balançando-se com sofrida ânsia para se mover, não longe da mãe — na realidade em frente a ela —, esta, que parecia até aí completamente aniquilada, pôs-se de pé de um salto, de braços e dedos estendidos, aos gritos:

— Socorro, pelo amor de Deus, socorro!

Baixou a cabeça, como se quisesse observar melhor Gregor, mas, pelo contrário, recuava absurdamente e, esquecendo-se de que tinha atrás de si a mesa ainda posta, sentou-se precipitadamente nela, como se por um instante tivesse perdido a razão, ao esbarrar contra o obstáculo imprevisto. Parecia da mesma forma indiferente

A METAMORFOSE

à cafeteira ter tombado e estar derramando um fio sinuoso de café no tapete.

— Mãe, mãe — murmurou Gregor, erguendo a vista para ela.

A essa altura, o gerente estava já completamente tresloucado; Gregor, não resistindo ao ver o café escorrendo, bateu as mandíbulas com um estalo. Isso fez com que a mãe gritasse outra vez, afastando-se às pressas da mesa e atirando-se para os braços do pai, que se apressou a acolhê-la. Mas agora Gregor não tinha tempo a perder com os pais. O gerente estava nas escadas; com o queixo apoiado no corrimão, dava uma última olhadela para trás. Gregor deu um salto, para ter melhor certeza de ultrapassá-lo. O gerente, porém, devia ter adivinhado suas intenções, pois, com um salto, venceu vários degraus e desapareceu, gritando um "Ai!", que ressoou pelas escadas.

Infelizmente a fuga do gerente pareceu deixar o pai de Gregor fora de si por completo, embora até então tivesse se mantido relativamente calmo. Assim, em lugar de correr atrás do homem ou de, pelo menos, não interferir na perseguição de Gregor, agarrou com a mão direita a bengala que o gerente deixara numa cadeira, juntamente com o chapéu e o sobretudo, e, com a esquerda, um jornal que estava em cima da mesa. Batendo com os pés e brandindo a bengala e o jornal, tentou forçar Gregor de volta para dentro do quarto. De nada valeram os pedidos de Gregor, que, aliás, nem sequer eram compreendidos; por mais que este baixasse humildemente a cabeça, seu pai limitava-se a bater mais forte com os pés no chão. Por trás do pai, a mãe tinha escancarado uma janela, apesar do frio, e debruçava-se a ela segurando a cabeça com as mãos. Uma rajada de vento penetrou pelas escadas, agitando as cortinas e os jornais que estavam sobre a mesa, o que fez algumas páginas se espalharem pelo chão. Impiedosamente, o pai de Gregor obrigava-o a recuar, assobiando e gritando como um selvagem.

FRANZ KAFKA

Mas Gregor estava pouco habituado a andar para trás, o que se revelou um processo lento. Se tivesse uma oportunidade de dar meia-volta ao redor do próprio corpo, poderia alcançar imediatamente o quarto, mas receava exasperar o pai com a lentidão de tal manobra e temia que a bengala pudesse lhe desferir uma pancada fatal no dorso ou na cabeça. Por fim, reconheceu que não lhe restava alternativa, pois verificou, aterrorizado, que, ao recuar, nem sequer conseguia controlar a direção em que se deslocava. Assim, sempre observando ansiosamente o pai, de soslaio, começou a virar o mais depressa que pôde, o que, na realidade, era muito moroso. Talvez o pai tivesse registrado suas boas intenções, visto que não interferiu, a não ser para, de quando em quando e de longe, auxiliar a manobra com a ponta da bengala. Se ao menos ele parasse com aquele insuportável assobio! Era uma coisa que estava prestes a lhe fazer perder a cabeça. Quase havia completado a rotação quando o assobio o desorientou de tal modo que Gregor tornou a virar ligeiramente na direção errada. Quando, por fim, viu a porta na frente da cabeça, pareceu-lhe que o corpo era demasiado largo para conseguir passar pela abertura. É claro que o pai, no estado de espírito em que se encontrava naquele momento, estava bem longe de pensar em qualquer coisa que se parecesse com abrir a metade das portas duplas que ainda estava presa, para dar espaço à passagem de Gregor. Dominava-o a ideia fixa de fazer Gregor regressar para o quarto o mais depressa possível. Não aguentaria de modo algum que Gregor fizesse todos os preparativos de erguer o corpo e talvez deslizar através da porta. Àquela altura, o pai parecia estar fazendo mais barulho que nunca para obrigá-lo a avançar, como se não houvesse obstáculo nenhum que o impedisse; fosse como fosse, o barulho que Gregor ouvia atrás de si já não lhe soava como a voz de pai nenhum. Não era mais caso para brincadeira, então Gregor

A METAMORFOSE

lançou-se pela abertura da porta, sem se preocupar com as consequências. Um dos lados do corpo ergueu-se e Gregor ficou entalado no umbral, ferindo-se no flanco, o que cobriu a porta branca de manchas horrendas. Não tardou a ficar completamente preso, de tal modo que não conseguiria mover-se sozinho, com as pernas de um dos lados agitando-se tremulamente no ar e as do outro, penosamente esmagadas de encontro ao assoalho. Foi então que o pai lhe deu um violento empurrão, que constituiu literalmente um alívio, e Gregor voou até ao meio do quarto, sangrando em profusão. Empurrada pela bengala, a porta fechou-se com violência atrás dele e, por fim, fez-se o silêncio.

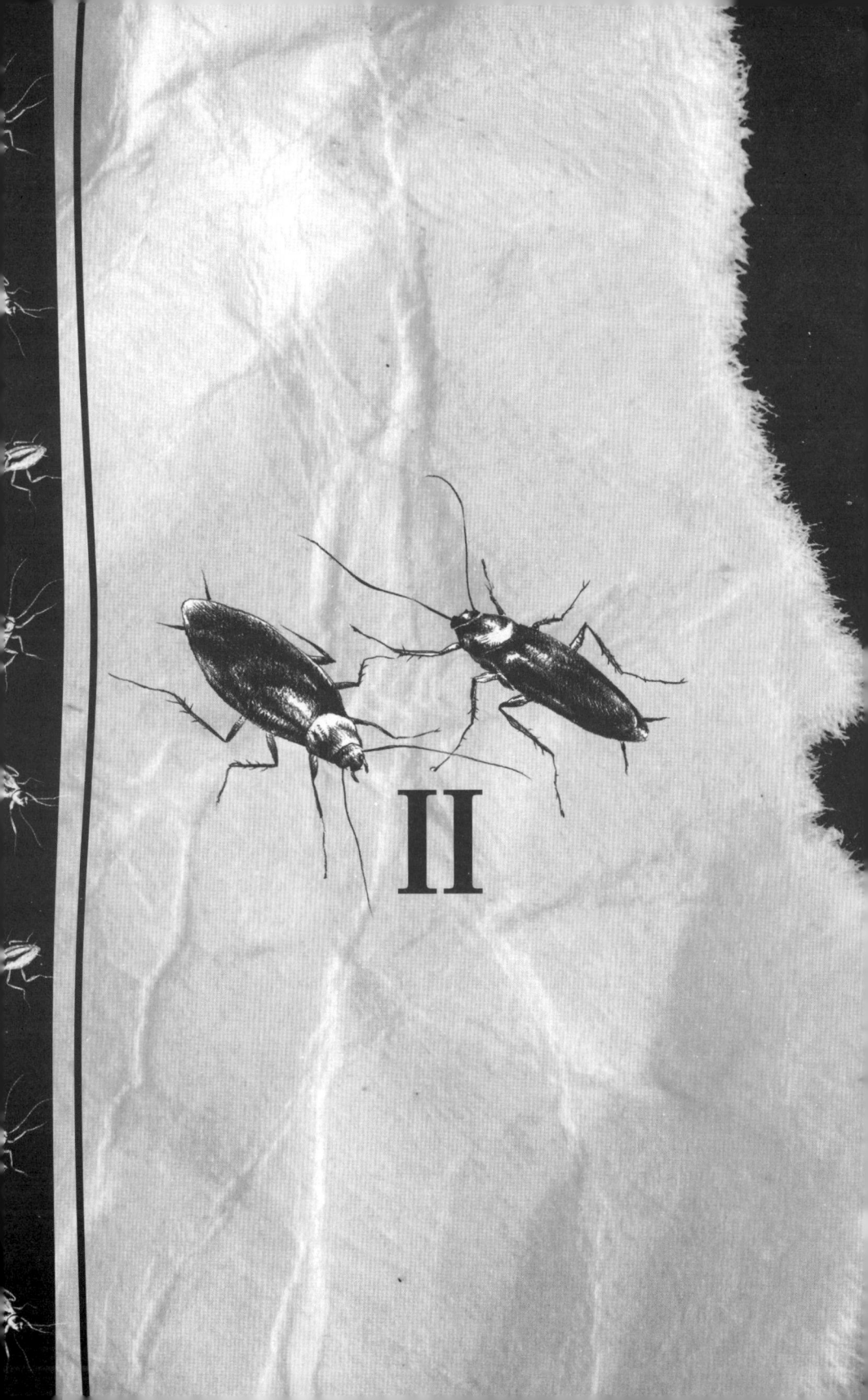

II

II

Foi apenas ao anoitecer que Gregor acordou do seu sono profundo, que mais parecera um desmaio. Ainda que nada o tivesse perturbado, decerto não teria acordado muito mais tarde sozinho, pois sentia que tinha descansado e dormido o suficiente; no entanto, parecia-lhe ter sido despertado por um andar cauteloso e pelo fechar da porta que dava para o vestíbulo. Os postes da rua projetavam aqui e acolá um reflexo pálido, no teto e na parte superior dos móveis, mas ali embaixo, no local onde se encontrava, estava escuro. Lentamente, experimentando de modo desajeitado as antenas, cuja utilidade começava pela primeira vez a apreciar, arrastou-se até à porta, para ver o que tinha acontecido. Sentia todo o flanco esquerdo convertido numa única cicatriz, comprida e repuxada de modo muito incômodo, e tinha literalmente de coxear sobre as duas fileiras de pernas. Uma delas ficara gravemente atingida pelos acontecimentos daquela manhã — era quase um milagre que só uma tivesse sido afetada — e arrastava-se, inútil, atrás dele.

Só depois de chegar à porta percebeu o que o tinha atraído para ela: o cheiro de alimento. Com efeito, tinham posto lá uma tigela de leite adoçado dentro do qual flutuavam pedacinhos de pão. Quase desatou a rir de contentamento, porque sentia ainda mais fome do que pela manhã, e imediatamente enfiou a cabeça no leite, quase mergulhando também os olhos. Depressa, retirou-a, desanimado: além de ter dificuldade em comer, por causa do flanco esquerdo machucado — e ele precisava ingerir o alimento à força de sacudidelas, recorrendo a todo o corpo —, não gostava do leite, por mais que tivesse sido a sua bebida preferida e fosse certamente essa a razão que levara a irmã a colocar a tigela ali. De fato, foi quase com repulsa que se afastou e se arrastou até o meio do quarto.

Através da fenda da porta, verificou que tinham acendido a luz a gás na sala de estar. Embora àquela hora o pai costumasse ler o jornal em voz alta para a mãe e às vezes também para a irmã, nada se ouvia. Bom, talvez o pai tivesse recentemente perdido o hábito de ler em voz alta, hábito esse que a irmã tantas vezes mencionara em conversa e por carta. Mas por toda parte reinava o mesmo silêncio, embora por certo houvesse alguém em casa.

— Que vida sossegada minha família tem levado! — disse Gregor, para si.

Imóvel, fitando a escuridão, sentiu naquele momento um grande orgulho por ter sido capaz de proporcionar aos pais e à irmã uma tal vida numa casa tão boa. Mas o que aconteceria se toda a calma, conforto e satisfação acabassem em catástrofe? Tentando não se perder em pensamentos, Gregor refugiou-se no exercício físico e começou a rastejar para um lado e para o outro ao longo do quarto.

A certa altura, durante o longo fim de tarde, viu as portas laterais se abrirem ligeiramente e serem fechadas em seguida; mais tarde, sucedeu o mesmo com a porta do outro lado. Alguém pretendera entrar e mudara de ideia. Gregor resolveu ir até o pé da porta que dava para a sala de estar, decidido a

A METAMORFOSE

persuadir qualquer visitante indeciso a entrar ou, pelo menos, a descobrir quem poderia ser. Mas esperou em vão, pois ninguém tornou a abrir a porta. De manhã cedo, quando todas as portas estavam fechadas à chave, todos queriam entrar; agora que ele tinha aberto uma porta e a outra fora aparentemente aberta durante o dia, ninguém entrava e até as chaves tinham sido transferidas para o lado de fora.

Só muito tarde da noite apagaram a luz da sala; Gregor tinha quase a certeza de que os pais e a irmã haviam ficado acordados até então, pois ouvia-os se afastarem, caminhando na ponta dos pés. Não era nada provável que alguém viesse visitá-lo até a manhã seguinte, de modo que tinha tempo de sobra para meditar sobre a maneira de reorganizar a sua vida. O enorme quarto vazio dentro do qual era obrigado a permanecer deitado no chão enchia-o de uma apreensão cuja causa não conseguia descobrir, pois havia cinco anos que o habitava.

Meio inconscientemente, não sem uma leve sensação de vergonha, entrou debaixo do sofá, onde se sentiu bem de imediato, embora ficasse com o dorso um tanto comprimido e não lhe fosse possível levantar a cabeça. Lamentou apenas que o corpo fosse largo demais para caber totalmente debaixo do sofá.

Ali passou toda a noite, em grande parte mergulhado num leve torpor, do qual a fome constantemente o despertava com um sobressalto, preocupando-se vez ou outra com sua sorte e alimentando vagas esperanças, mas que levavam todas à mesma conclusão: deveria ficar calmo e, usando de paciência e do mais profundo respeito, auxiliar a família a suportar os incômodos que estava destinado a lhes causar naquelas condições.

De manhã bem cedo, Gregor teve oportunidade de testar o valor de suas recentes resoluções, dado que a irmã, já quase totalmente vestida, abriu a porta que dava para o vestíbulo e espreitou para dentro do quarto. Não o viu de imediato, mas, ao percebê-lo debaixo do sofá — que diabos, tinha de estar em algum lugar, não poderia ter saído voando, não é mesmo? —, ficou de tal modo assustada que fugiu na mesma hora, batendo com a porta. Mas, como que arrependida desse comportamento, voltou a abrir a porta e entrou na ponta dos pés, como se estivesse fazendo visita a um inválido ou estranho. Gregor estendeu a cabeça para fora do sofá e ficou observando-a. Será que a irmã notaria que ele deixara o leite intacto, mas não por falta de fome, e traria outra comida que lhe agradasse mais ao paladar? Se ela não o fizesse por iniciativa própria, Gregor preferiria morrer de fome a lhe chamar a atenção para o fato, muito embora sentisse um irreprimível desejo de saltar do seu refúgio de baixo do sofá e jogar-se aos pés da irmã, pedindo alimento. A irmã notou imediatamente, com surpresa, que a tigela estava ainda cheia, à exceção de uma pequena porção de leite derramado em torno dela; ergueu logo a tigela, não diretamente com as mãos, é certo, mas sim com um pano, e levou-a dali. Gregor sentia uma enorme curiosidade de saber o que ela traria em substituição e se entregou a conjecturas. Não poderia de modo algum adivinhar o que a irmã, em toda a sua bondade, fizera a seguir. Para descobrir do que ele poderia gostar, trouxe-lhe uma variedade de alimentos sobre um pedaço velho de jornal. Eram hortaliças velhas e meio podres; ossos do jantar da noite anterior, cobertos de um molho branco solidificado; uvas e amêndoas; um pedaço de queijo que Gregor dois dias antes teria considerado intragável; um pão duro; um pão com manteiga sem sal e outro com manteiga salgada. Além disso, tornou a pôr no chão a mesma tigela, dentro da qual deixou água, e que, pelo visto, ficaria reservada para seu exclusivo uso. Depois, cheia de tato, percebendo que Gregor não desejava comer na sua presença, afastou-se rapidamente e até mesmo trancou a porta à chave, dando-lhe a entender que podia ficar completamente à vontade. Todas as pernas de Gregor se precipitaram em direção à comida. As feridas, além de tudo, deviam estar completamente curadas, porque ele não sentia qualquer incapacidade, o que o espantou e o fez se lembrar de ter cortado o dedo com uma faca havia mais de um mês e que ainda dois dias antes a ferida estivera doendo.

"Será que agora estou menos sensível?", pensou, ao mesmo tempo em que sugava vorazmente o queijo, que, de toda a comida, era o que mais forte e imediatamente o atraía. Pedaço a pedaço, com lágrimas de satisfação nos olhos, devorou rapidamente o queijo, as hortaliças e o molho; por outro lado, a comida fresca não o atraía; não podia sequer suportar o cheiro, o que o obrigava até a arrastar para uma certa distância os pedaços que era capaz de comer. Fazia bastante tempo que terminara a refeição e estava apenas preguiçosamente quieto em seu lugar, quando a irmã rodou devagar a chave para indicar que ia entrar. Isso o fez se levantar de súbito, embora estivesse quase adormecido, e se precipitar novamente debaixo do sofá. Foi-lhe necessária uma considerável dose de autodomínio para permanecer ali, dado que a refeição pesada tinha feito seu corpo inchar um pouco e agora estava tão comprimido que ele mal podia respirar. Atacado de pequenos surtos de sufocação, sentia os olhos saltarem um pouco das órbitas ao observar a irmã, que de nada suspeitava, varrendo não apenas os restos do que ele comera, mas também as coisas em que ele não tocara, como se não fossem de utilidade para ninguém, e metendo-as, de modo apressado, com a pá, num balde, que cobriu com uma tampa de madeira e retirou do quarto. Mal a irmã virou as costas, Gregor saiu de baixo do sofá, dilatando e esticando o corpo.

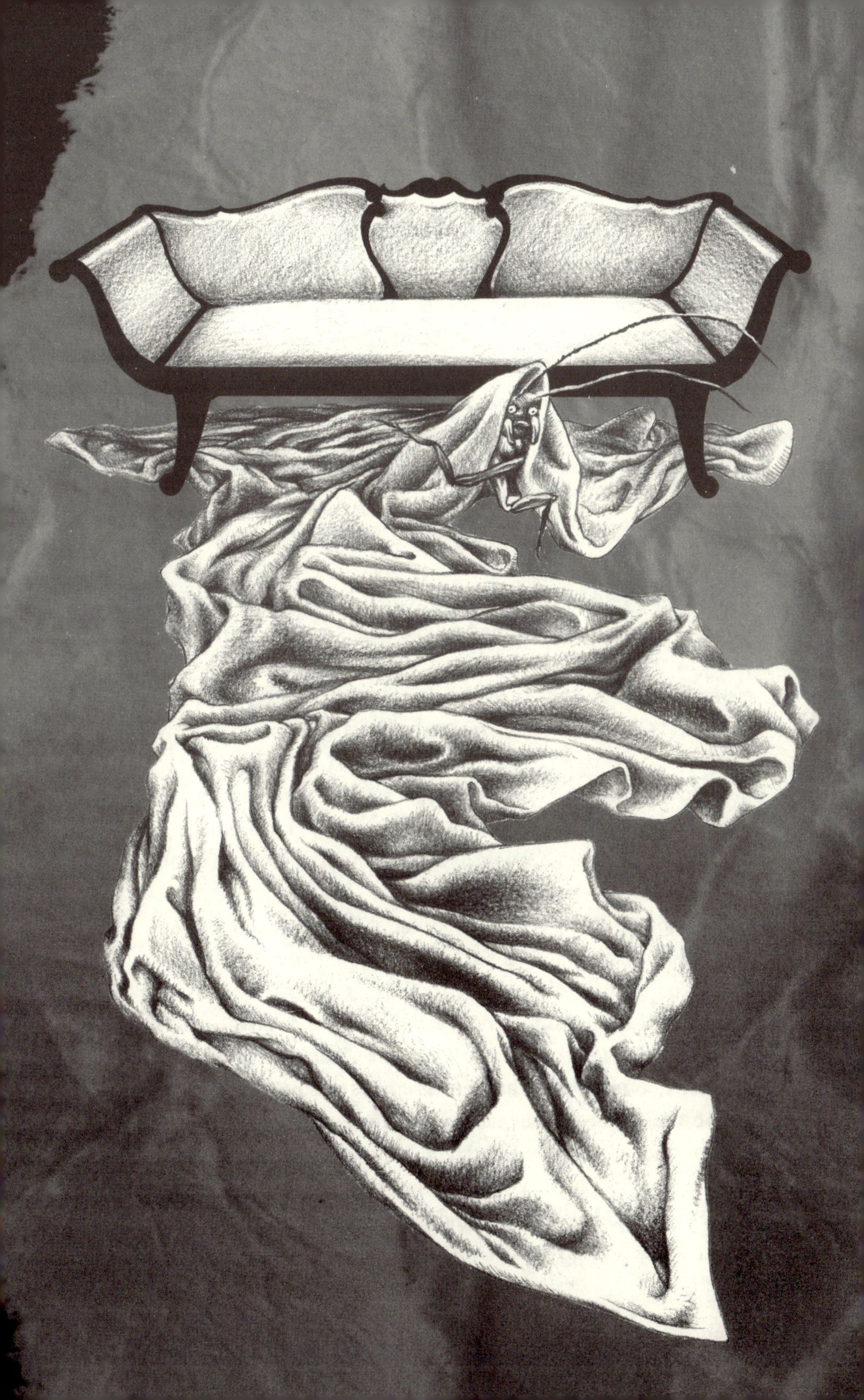

A METAMORFOSE

    Assim Gregor passou a ser alimentado: uma vez de manhã cedo, enquanto os pais e a criada estavam ainda dormindo, e outra vez depois de terem todos almoçado, pois os pais faziam uma curta sesta e a irmã podia mandar a criada fazer uma ou outra tarefa. Não que desejassem que ele morresse de fome, claro, mas talvez por não poderem suportar saber mais sobre as suas refeições do que aquilo que sabiam pela boca da irmã, e talvez ainda porque a irmã os quisesse poupar de todas as preocupações, por menores que fossem. Afinal, o que tinham para suportar era mais do que suficiente. Algo que Gregor nunca pôde descobrir foi que pretexto tinha sido utilizado para se libertarem do médico e do serralheiro na primeira manhã, já que, como ninguém compreendia o que ele dizia, nunca lhes passara pela cabeça, nem sequer à irmã, que ele pudesse entendê-los; assim, sempre que a irmã ia ao seu quarto, Gregor contentava-se em ouvi-la soltar um ou outro suspiro ou exprimir uma ou outra invocação aos seus santos. Mais tarde, quando se acostumou um pouco mais à situação — é claro que nunca poderia acostumar-se inteiramente —, fazia por vezes uma observação que revelava certa simpatia, ou que assim podia ser interpretada.

    — Bom, hoje ele gostou do jantar — dizia ela, quando Gregor tinha consumido boa parte da comida; já quando ele não comia, o que ia acontecendo com frequência cada vez maior, dizia, quase com tristeza: — Hoje deixou tudo de novo.

    Embora não pudesse se manter diretamente a par do que acontecia, Gregor percebia muitas conversas nas salas contíguas e, assim que elas se tornavam audíveis, corria para a porta em questão, colando-se todo a ela. Em especial durante os primeiros dias, não havia conversa alguma que não se referisse a ele de certo modo, ainda que indiretamente. Durante dois dias houve deliberações familiares sobre o que deveria ser feito; mas

FRANZ KAFKA

o assunto era discutido fora das refeições da mesma forma, já que sempre havia pelo menos dois membros da família em casa: ninguém queria ficar lá sozinho, e deixá-la vazia estava inteiramente fora de questão. Logo nos primeiros dias, a criada — Gregor não sabia ao certo o quanto ela sabia da situação — caíra de joelhos diante da mãe, suplicando-lhe que a deixasse ir embora. Quando saiu, um quarto de hora mais tarde, agradeceu com lágrimas nos olhos o favor de ter sido dispensada, como se fosse a maior graça que lhe pudessem conceder e, sem que ninguém sugerisse a ela, prestou um solene juramento de que nunca contaria a ninguém o que se passara ali.

Agora a irmã era também obrigada a cozinhar para ajudar a mãe. É certo que não era um trabalho tão grande assim, pois pouco se comia naquela casa. Gregor ouvia constantemente um dos membros da família insistindo com outro para que comesse e recebendo invariavelmente a resposta: "Não, muito obrigado, estou satisfeito", ou coisa semelhante. Talvez também não bebessem nada. Muitas vezes a irmã perguntava ao pai se não queria cerveja e oferecia-se amavelmente para ir comprar para ele; se ele não respondia, dava a entender que podia pedir à porteira que fosse buscá-la, mas nesses momentos o pai retorquia com um sonoro: "Não!", e o assunto estava encerrado.

Logo no primeiro dia, o pai explicara a situação financeira e as perspectivas da família à mãe e à irmã. De quando em quando, erguia-se da cadeira para ir buscar qualquer recibo ou apontamento em um pequeno cofre que tinha conseguido salvar do colapso financeiro onde mergulhara havia cinco anos. Ouviam-no abrir a complicada fechadura e remexer em

A METAMORFOSE

papéis, depois fechá-la novamente. Tais informações do pai foram as primeiras notícias agradáveis que Gregor tivera desde o início do cativeiro. Sempre julgara que o pai tinha perdido tudo, ou, pelo menos, este nunca dissera nada em contrário e era evidente que Gregor nunca havia perguntado a ele diretamente. Quando a ruína tinha desabado sobre o pai, o único desejo de Gregor era fazer todo o possível para que a família se esquecesse com a maior rapidez daquela catástrofe que mergulhara todos no mais completo desespero. Assim, começara a trabalhar com ardor incomum e, quase de um dia para o outro, passou de simples empregado de escritório a caixeiro-viajante, o que proporcionava oportunidades bem diferentes de ganhar bem. Assim, esse êxito logo se converteu em dinheiro vivo, que depositava na mesa diante da surpresa e alegre família. Tinha sido uma época feliz, que nunca viria a ser igualada, embora mais tarde Gregor viesse a ganhar o suficiente para sustentar a casa sozinho. Tinham pura e simplesmente se habituado ao acontecimento, tanto a família como ele próprio: ele dava o dinheiro de boa vontade e eles o aceitavam com gratidão, mas não havia qualquer efusão de sentimentos. Só com a irmã mantivera uma certa intimidade, alimentando a secreta esperança de poder mandá-la para o conservatório no ano seguinte, apesar das grandes despesas que isso acarretaria, às quais de qualquer maneira haveria de fazer face, já que ela, ao contrário de Gregor, gostava muito de música e tocava violino de modo comovente. Durante os breves dias que passava em casa, falava muitas vezes com a irmã sobre o conservatório, mas sempre apenas como um belo sonho irrealizável; quanto aos pais, procuravam até evitar essas inocentes referências à questão. Gregor tomara a firme decisão de levar a ideia adiante e pretendia anunciá-la solenemente no dia de Natal.

FRANZ KAFKA

Tais eram os pensamentos — completamente fúteis, na sua atual situação — que povoavam sua mente enquanto se mantinha ereto, encostado à porta, à escuta. Por vezes, o cansaço o obrigava a interrompê-la, de modo que Gregor se limitava então a encostar a cabeça à porta, mas imediatamente era obrigado a se endireitar de novo, pois até mesmo o leve ruído que fazia ao mexer a cabeça era audível na sala ao lado e silenciava todas as conversas.

— O que será que ele está fazendo agora? — perguntou o pai, alguns instantes depois, virando-se decerto para a porta; para só então retomar gradualmente a conversa interrompida.

Dado que o pai se tornava repetitivo nas explicações — por um lado, devido a não se encarregar desse assunto fazia muito tempo; por outro, graças à circunstância de a mãe nem sempre entender tudo na primeira vez —, Gregor ficou por fim sabendo que um certo número de investimentos, poucos, é certo, tinham escapado à ruína e até aumentado ligeiramente, pois, nesse meio-tempo, ninguém tocara nos dividendos. Além disso, nem todo o dinheiro dos ordenados mensais de Gregor — que guardava para si apenas uma pequena parte — tinha sido gasto, o que originara economias que constituíam um pequeno capital. Do outro lado da porta, Gregor acenava ansiosamente com a cabeça, satisfeito perante aquela demonstração de inesperado espírito de poupança e previsão. A verdade é que, com aquele dinheiro suplementar, poderia ter pagado uma porção maior da dívida do pai ao patrão, adiantando o dia em que poderia deixar o emprego, mas sem dúvida o pai fizera muito melhor assim.

Apesar de tudo, aquele capital não era de modo nenhum suficiente para que a família vivesse dos juros. Talvez servisse durante um ano ou dois, quando muito. Era apenas uma quantia que precisavam deixar de reserva para qualquer emergência. Quanto ao dinheiro para as despesas normais, seria necessário ganhá-lo.

    O pai era ainda saudável, mas estava velho e não trabalhava havia cinco anos, por isso, não era de esperar que fizesse grande coisa. Ao longo desse período — os primeiros anos de lazer de uma vida de trabalho, ainda que malsucedida —, tinha engordado e tornara-se um tanto lento. Quanto à velha mãe, como poderia ganhar a vida com aquela asma, que até o simples andar agravava, obrigando-a muitas vezes a deixar-se cair num sofá, a arquejar junto de uma janela aberta? E seria então justo encarregar do sustento da casa a irmã, ainda uma criança com os seus dezessete anos e cuja vida tinha até então sido tão agradável e se resumia a vestir-se bem, dormir muito, ajudar a cuidar da casa, ir de vez em quando a diversões modestas e, sobretudo, tocar violino? A princípio, sempre que ouvia menções à necessidade de ganhar dinheiro, Gregor afastava-se da porta e deixava-se cair no fresco sofá de couro ao lado dela, rubro de vergonha e desespero.

    Muitas vezes permanecia ali durante toda a noite, sem dormir, esfregando-se no couro, durante horas a fio. Quando não, reunia a coragem necessária para se entregar ao violento esforço de empurrar uma cadeira de braços até a janela, subir no peitoril e, escorado na cadeira, encostava-se às vidraças, certamente devido a alguma reminiscência da sensação de liberdade que sempre experimentava ao ver à janela. De fato, dia após dia, até as coisas relativamente próximas se tornavam menos nítidas; o hospital do outro lado da rua, que Gregor antigamente odiava por ter sempre à frente dos olhos, estava agora muito além do seu alcance visual e, se não soubesse que vivia na sossegada rua Charlotte, uma rua de cidade, bem poderia julgar que a janela dava para um terreno deserto onde o cinzento do céu e da terra se fundiam indistintamente. Esperta como era, a irmã só precisou ver duas vezes a cadeira junto da janela para que, a partir de então, sempre que acabasse de arrumar o quarto, colocasse a cadeira no mesmo local, e até deixava as folhas interiores da janela abertas.

 Se ao menos pudesse falar com ela e lhe agradecer por tudo o que fazia por ele, suportaria melhor os seus cuidados; mas, naquelas condições, sentia-se oprimido. É certo que ela tentava fazer com o máximo de despreocupação tudo o que fosse desagradável para ele, o que, com o decorrer do tempo, cada vez o conseguia melhor. Por outro lado, Gregor aos poucos ia se inteirando com mais lucidez da situação. Bastava a maneira de ela entrar para que ele já sentisse angústia. Mal adentrava o quarto, a irmã corria para a janela, sem sequer se dar ao trabalho de fechar a porta atrás de si, apesar do cuidado que costumavam ter em ocultar a visão de Gregor dos outros, e, como se estivesse prestes a sufocar, abria precipitadamente a janela e ali ficava tomando ar durante um minuto, por mais frio que fizesse, respirando profundamente. Duas vezes por dia, incomodava Gregor com sua ruidosa precipitação, o que o fazia se refugiar debaixo do sofá, trêmulo, mas ciente de que a irmã decerto o pouparia de tal incômodo se lhe fosse possível permanecer na presença de Gregor sem abrir a janela.

 Certa vez, coisa de um mês após a metamorfose de Gregor, quando já não havia, pois, motivo para assustar-se com o seu aspecto, a irmã apareceu ligeiramente mais cedo do que o habitual e o encontrou olhando pela janela, imóvel, numa posição que o fazia parecer um espectro. Gregor não se surpreenderia se ela simplesmente não entrasse, pois não podia abrir imediatamente a janela enquanto ele ali estivesse, mas ela não só evitou entrar como deu um salto para trás, talvez alarmada, e bateu com a porta em retirada. Um estranho que observasse a cena julgaria com certeza que Gregor a esperava para lhe morder. É

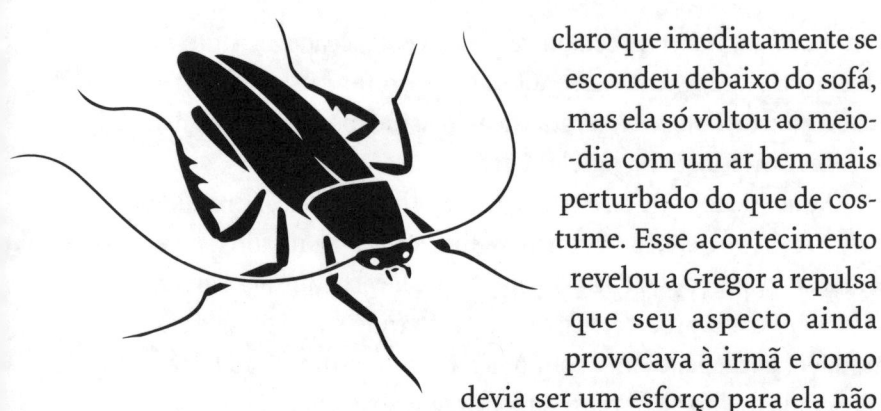

A METAMORFOSE

claro que imediatamente se escondeu debaixo do sofá, mas ela só voltou ao meio-dia com um ar bem mais perturbado do que de costume. Esse acontecimento revelou a Gregor a repulsa que seu aspecto ainda provocava à irmã e como devia ser um esforço para ela não desatar a correr com a mera visão da pequena porção do seu corpo despontando sob o sofá. Desse modo, decidiu um dia poupá-la de tal visão e, depois de quatro horas de trabalho, pôs um lençol pelas costas e dirigiu-se para o sofá, dispondo-o de modo que lhe ocultasse o corpo totalmente, mesmo que a irmã se abaixasse para olhar. Se ela achasse desnecessário o lençol, decerto o tiraria do sofá, já que era evidente que aquela forma de ocultação e confinamento não contribuíam em nada para o conforto de Gregor; naquele instante, ela deixou o lençol onde estava e, Gregor, ao levantar uma ponta cuidadosamente para ver qual seria a reação da irmã àquela nova disposição, teve a impressão de vê-la lançar um olhar agradecido.

Durante os primeiros quinze dias, os pais não conseguiram reunir a coragem necessária para entrar no quarto de Gregor, que frequentemente os ouvia elogiar a atividade da irmã — que antes costumavam repreender —, por considerarem-na, até certo ponto, uma inútil. Agora, era frequente que ambos esperassem à porta, enquanto a irmã procedia à limpeza do quarto, perguntando-lhe logo que ela saía como estavam as coisas lá dentro, o que Gregor tinha comido, como se comportara daquela vez e se por acaso não melhorara um pouco. A mãe, aliás, começou a querer visitá-lo relativamente cedo, mas o pai e a irmã tentaram logo dissuadi-la, contrapondo argumentos que Gregor escutava atentamente, e que ela aceitou por completo. Mais tarde, só conseguiram removê-la pela força e, quando ela exclamava, chorando: "Deixem-me ir ver Gregor, o meu pobre filho! Não entendem que tenho de ir vê-lo?", Gregor pensou que talvez fosse bom que ela entrasse, não todos os dias, claro, mas talvez uma vez por semana; no fim das contas, ela havia de compreender, muito melhor que a irmã, que não passava de uma criança, apesar dos esforços que fazia e aos quais talvez tivesse se entregado por mera consciência infantil.

 O desejo que Gregor sentia de ver a mãe não tardou em ser satisfeito. Durante o dia, evitava se mostrar à janela por consideração aos pais, mas os poucos metros quadrados de chão de que dispunha não davam para grandes passeios, nem lhe seria possível passar toda a noite imóvel; por outro lado, estava perdendo rapidamente todo e qualquer gosto pela comida. Para se distrair, adquirira o hábito de ziguezaguear pelas paredes e pelo teto. Gostava particularmente de ficar pendurado no teto, coisa muito melhor do que estar no chão: a respiração se tornava mais livre, o corpo oscilava e estremecia suavemente e, às vezes, na distração quase feliz que sentia ali em cima, acontecia de se soltar e despencar para o chão. Agora que tinha melhor coordenação dos movimentos do corpo, nem mesmo uma queda daquela altura causava muito dano. A irmã notara imediatamente essa nova distração de Gregor, visto que ele deixava atrás de si marcas da substância pegajosa das extremidades das pernas ao se deslocar, e colocou na cabeça a ideia de arranjar para ele um espaço livre o maior possível para os passeios, retirando para isso os móveis que constituíssem obstáculos, especialmente a cômoda e a escrivaninha. A tarefa era demasiado

A METAMORFOSE

pesada e, se não se atrevia a pedir ajuda ao pai, estava fora de questão recorrer à criada, uma menina de dezesseis anos que tivera a coragem de ficar após a partida da cozinheira, mas pedindo o favor especial de manter a porta da cozinha fechada à chave e abri-la apenas quando a chamassem expressamente. Deste modo, só lhe restava apelar para a mãe quando o pai não estivesse em casa. A mãe logo foi, entre exclamações de ávida satisfação, que diminuíram junto à porta do quarto de Gregor. É claro que a irmã entrou primeiro, para verificar se estava tudo em ordem antes de deixar a mãe entrar. Gregor puxou às pressas o lençol para baixo e dobrou-o mais, de maneira a parecer que tinha sido jogado ao acaso por cima do sofá. Desta vez não colocou a cabeça para fora a fim de espreitar, renunciando ao prazer de ver a mãe; estava apenas satisfeito por ela ter decidido enfim visitá-lo.

— Entre. Ele não está à vista — disse a irmã, certamente guiando-a pela mão.

Gregor ouvia agora as duas mulheres se esforçando para deslocar a pesada cômoda, e a irmã tomando para si a maior parte do trabalho, sem dar ouvidos às admoestações da mãe, pois esta estava receosa de que a filha fizesse esforço demais. A manobra foi demorada. Passado ao menos um quarto de hora em tentativas, a mãe objetou que o melhor seria deixar a cômoda onde estava, em primeiro lugar, porque era pesada demais e nunca conseguiriam deslocá-la antes da chegada do pai e, se ficasse no meio do quarto, como estava, só dificultaria os movimentos de Gregor. Em segundo lugar, nem sequer havia a certeza de que remover a mobília fosse de algum benefício para ele. Tinha a impressão do contrário; a visão das paredes nuas a deprimia, e era natural que sucedesse o mesmo a Gregor, dado que estava habituado à mobília havia muito tempo e sua ausência poderia fazê-lo se sentir só.

FRANZ KAFKA

— Não é verdade... — disse em voz baixa, pouco mais que um murmúrio, como se quisesse evitar que Gregor, cuja localização exata desconhecia, reconhecesse sequer seu tom de voz, pois estava convencida de que ele não entendia as palavras. — Não é verdade que, retirando-lhe a mobília, mostramos a ele que não temos qualquer esperança de que ele se cure e que o abandonamos impiedosamente à sua sorte? Acho que o melhor é deixar o quarto exatamente como sempre esteve, para que ele, quando voltar para nós, encontre tudo na mesma situação e esqueça com mais facilidade o que aconteceu nesse meio-tempo.

Ao ouvir as palavras da mãe, Gregor se deu conta de que a falta de conversação direta com qualquer ser humano, durante os dois últimos meses, aliada à monotonia da vida em família, deviam ter perturbado seu espírito; não fosse assim, não teria genuinamente ansiado pela retirada da mobília do quarto. Desejava, de fato, que o quarto acolhedor, equipado de forma tão confortável com a velha mobília da família, se transformasse numa caverna nua onde pudesse se arrastar livremente em todas as direções, à custa do abandono de qualquer reminiscência do seu passado humano? Sentia-se tão perto desse esquecimento total que só a voz da mãe, que há tanto tempo não ouvia, tinha lhe feito mergulhar completamente nele. Nada deveria ser retirado do quarto. Era preciso que ficasse tudo como estava, pois, no estado de espírito em que se encontrava, não podia renunciar à influência positiva da mobília e, mesmo que o mobiliário lhe perturbasse as voltas sem sentido, isso não era um prejuízo, mas sim vantagem.

Infelizmente, a irmã era de opinião contrária; habituara-se, e não sem motivos, a se considerar uma autoridade no que dizia respeito a Gregor, em contradição com os pais, de modo que a opinião da mãe naquele momento era suficiente para decidir retirar, não só a cômoda e a escrivaninha, mas toda a mobília, à exceção do indispensável sofá. É certo que essa decisão não era consequência da simples teimosia infantil nem da autoconfiança que recentemente adquirira, de forma tão inesperada e penosa; tinha, de fato, percebido que Gregor precisava de espaço para vaguear; por outro lado, até onde notava, ele nunca nem usava a mobília. Outro fator talvez fosse o temperamento entusiástico de qualquer menina adolescente, que tendia a se manifestar em todas as ocasiões possíveis e que agora levava Grete a exagerar o drama da situação do irmão, a fim de poder auxiliá-lo mais ainda. Num quarto onde Gregor reinasse rodeado de paredes nuas, havia fortes probabilidades de ninguém mais entrar, a não ser ela.

Assim, não se deixou dissuadir pela mãe, que parecia cada vez menos à vontade no quarto, estado de espírito que só contribuía para sentir-se mais insegura. Rapidamente reduzida ao silêncio, limitou-se, pois, a ajudar a filha a retirar a cômoda, na medida do possível. Ora, sem a cômoda Gregor podia muito bem ficar, mas era necessário conservar a escrivaninha. Logo que as mulheres removeram a cômoda, à força de arquejantes arrancos, Gregor pôs a cabeça de fora, para ver como poderia intervir da maneira mais delicada e cuidadosa. Quis o destino que a mãe fosse a primeira a regressar, enquanto Grete, no quarto contíguo, tentava deslocar sozinha a cômoda, evidentemente sem sucesso. Como a mãe não estava habituada ao aspecto de Gregor, era provável que sofresse um grande choque ao vê-lo. Receando que isso acontecesse, Gregor recuou às pressas para a outra extremidade do sofá, mas não conseguiu evitar que o lençol se agitasse ligeiramente. Esse movimento foi o bastante para alertar a mãe, que ficou imóvel por um instante e em seguida se refugiou junto de Grete.

Embora Gregor tentasse convencer-se de que nada de anormal se passava, que se tratava apenas de uma mudança de alguns móveis de lugar, acabou por reconhecer que as idas e vindas das mulheres, os sons momentâneos que produziam e o arrastar de móveis lhe provocavam grande perturbação de todos os lados ao mesmo tempo e, por mais que encolhesse a cabeça e as pernas e se achatasse no chão, viu-se com a certeza de que não poderia continuar a suportar tudo aquilo por muito tempo. Tiravam-lhe tudo do quarto, privavam-no de tudo o que lhe agradava: tinham retirado a cômoda onde guardava a serra de recorte e as outras ferramentas, e agora tentavam remover a escrivaninha, que quase parecia colada ao chão, na qual fizera todas as tarefas de casa quando frequentara a escola de comércio, o ensino médio e até o primário... Não conseguia se deter a analisar as boas intenções das duas mulheres, de cuja existência quase tinha esquecido àquela altura, visto estarem tão exaustas que se dedicavam ao trabalho em silêncio. Ouvia-se apenas o pesado arrastar dos pés de ambas.

Naquelas condições, Gregor se apressou a sair do esconderijo, ao mesmo tempo que as mulheres, no quarto ao lado, se apoiavam na escrivaninha para tomar fôlego. Quatro vezes mudou de direção, pois não sabia o que salvar primeiro. De repente, avistou na parede oposta, totalmente liberta de mobiliário, a figura da mulher envolta em peles; subiu rapidamente pela parede e colou-se ao vidro da moldura, que constituía uma superfície à qual seu corpo aderia bem e que lhe refrescava agradavelmente o ventre escaldante. Pelo menos o quadro, que o corpo de Gregor ocultava por inteiro, ninguém havia de retirar. Virou a cabeça para a porta da sala de estar, a fim de poder observar as mulheres quando regressassem.

Pouco tinham descansado, pois já estavam voltando naquele momento, a mãe quase apoiada a Grete, que lhe passara o braço em torno da cintura.

A METAMORFOSE

— Bem, o que devemos tirar agora? — perguntou Grete, olhando em volta.

Foi então que se deparou com Gregor. Manteve a compostura, provavelmente em atenção à mãe, e inclinou a cabeça para ela, a fim de evitar que levantasse a vista. Ao mesmo tempo, perguntou-lhe, com a voz trêmula e impensada:

— Não seria melhor voltarmos um instante à sala de estar?

Gregor adivinhou facilmente as intenções de Grete: queria pôr a mãe a salvo e então enxotá-lo da parede. Muito bem, ela que experimentasse! Ia se agarrar ao quadro e não cederia. Preferia antes avançar sobre o rosto da irmã.

Mas as palavras de Grete só tinham conseguido perturbar a mãe, que deu um passo para o lado e encarou o enorme vulto castanho no papel florido da parede. Antes de tomar perfeita consciência de que se tratava de Gregor, gritou roucamente:

— Ai, meu Deus! Ai, meu Deus!

E desmaiou com os braços abertos no sofá, não dando mais sinal de vida.

— Gregor! — gritou a irmã, fitando-o com um punho cerrado erguido na sua direção.

Era a primeira vez que se dirigia a ele diretamente depois da metamorfose. Correu à sala contígua em busca de um frasco de sais para reanimar a mãe. Gregor também quis ajudar, pois havia tempo para salvar o quadro, mas teve de fazer grande esforço para se descolar do vidro. Ao conseguir, correu atrás da irmã para a sala contígua, como se pudesse aconselhá-la como antes, mas não teve nada a fazer senão ficar desamparadamente atrás dela. Grete remexia por entre vários frascos e, ao se virar, entrou em pânico diante da visão de Gregor. Um dos frascos caiu ao chão e se partiu. Ao saltar, um caco cortou o rosto de Gregor, ao mesmo tempo em que uma droga corrosiva lhe salpicava o corpo. Sem mais se deter, Grete agarrou todos os frascos que podia transportar e correu para a mãe, fechando violentamente a porta com o pé. Gregor viu-se assim separado da mãe, que talvez estivesse à beira da morte por sua culpa. Não se atrevia a abrir a porta, receando assustar Grete, que tinha de cuidar da mãe. Só lhe restava esperar. Consumido pelo remorso e pela preocupação, começou a andar para um lado e para o outro, trepando em tudo, paredes, mobília e teto. Finalmente, acossado pelo desespero, viu a sala girar e caiu no meio da grande mesa.

Decorridos alguns instantes, Gregor estava ainda deitado, impotente, cercado pelo silêncio, o que constituía talvez um bom sintoma. Depois soou a campainha da porta. A criada estava certamente fechada na cozinha e tinha que ser Grete a abrir a porta. Era o pai.

— Que aconteceu? — foram suas primeiras palavras.

A expressão de Grete deve ter sido suficientemente elucidativa. Respondeu em voz abafada, ao que parecia, com a cabeça oculta no peito:

— A mãe teve um desmaio, mas está melhor. Gregor se soltou.

— Eu sabia que isso ia acontecer — replicou o pai. — Eu avisei, mas vocês, mulheres, nunca dão importância.

Era evidente para Gregor que o pai tinha interpretado da pior maneira possível a explicação de Grete, curta demais, e imaginava que Gregor fosse culpado de algum ato violento. Era necessário, portanto, deixar o pai se acalmar, visto que

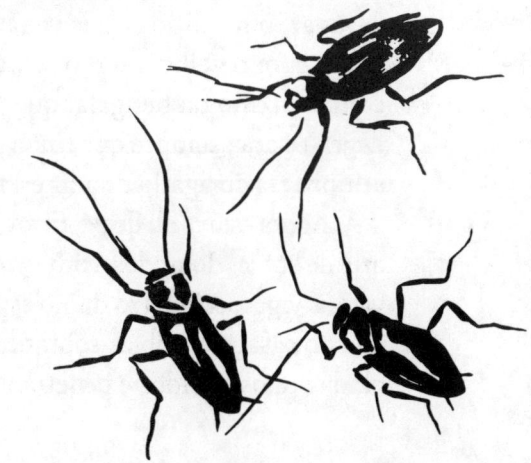

A METAMORFOSE

não tinha tempo nem maneira de dar explicações. Precipitou-se assim para a porta do quarto e se comprimiu contra ela, para que o pai visse, ao passar pelo vestíbulo, que o filho tivera a louvável intenção de regressar imediatamente ao quarto e que, por conseguinte, não era preciso obrigá-lo a se recolher ali, pois desapareceria num instante, bastava a porta estar aberta.

O pai não se encontrava em estado de espírito que lhe permitisse essas sutilezas. Mal o avistou, gritou um "Ah!" ao mesmo tempo irado e exultante. Gregor afastou a cabeça da porta e virou-a para o pai. Para dizer a verdade, não era o pai que imaginara; tinha de admitir que ultimamente se deixara absorver de tal modo pela diversão de caminhar pelo teto que não dava a mesma atenção de antes ao que se passava no resto da casa, embora fosse obrigação sua estar preparado para certas alterações. Mas, por outro lado, seria realmente o seu pai? Seria o mesmo homem que costumava ver pesadamente deitado na cama quando partia para cada viagem? Que o cumprimentava quando ele voltava, à noite, deitado, de pijama, numa cadeira de braços? Que não conseguia se levantar e, por isso, se limitava a saudar erguendo os braços? Que, nas raras vezes em que saía com o resto da família, um ou dois domingos por ano, nas férias, caminhava entre Gregor e a mãe; andavam bem devagar, o pai ainda mais vagarosamente do que eles, agasalhado com o velho sobretudo, arrastando-se laboriosamente com o auxílio da bengala, que pousava com cautela em cada degrau e que, sempre que tinha alguma coisa para dizer, quase sempre era obrigado a parar e a reuni-los todos à sua volta?

Agora estava ali de pé, firme, envergando um belo uniforme azul de botões dourados, como a que os contínuos dos bancos usavam; o vigoroso queixo duplo espetava-se para fora da dura gola alta do casaco e, sob as sobrancelhas espessas, brilhavam seus olhos pretos, vívidos e penetrantes. Os cabelos brancos outrora emaranhados dividiam-se, bem lisos, para um e outro lado de uma risca impecável ao meio. Lançou vigorosamente o boné, que tinha bordado o monograma de algum banco, para cima de um sofá no outro extremo da sala e, farfalhando as largas abas do casaco, avançou ameaçadoramente para Gregor. Era provável que nem ele próprio soubesse o que ia fazer, mas, fosse como fosse, ergueu o pé a uma altura pouco natural, aterrorizando Gregor ante o tamanho descomunal das solas dos sapatos. Mas Gregor não podia se arriscar a enfrentá-lo, pois, desde o primeiro dia da sua nova vida, tinha se dado conta de que o pai considerava que só poderia lidar com ele adotando as mais violentas medidas. Naquelas condições, desatou a fugir do pai, parando quando ele parava e precipitando-se novamente ao menor movimento dele.

Foi assim que deram várias voltas no quarto, sem que nada de definido sucedesse; aliás, tudo aquilo estava longe de assemelhar-se sequer a uma perseguição, dada a lentidão com que se processava. Gregor resolveu se manter no chão, para que o pai não interpretasse como manifestação declarada de perversidade qualquer excursão pelas paredes ou pelo teto. Apesar disso, não podia suportar aquela corrida por muito mais tempo, uma vez que, por cada passada do pai, era obrigado a se empenhar em toda uma série de movimentos e, da mesma maneira que na vida anterior nunca tivera os pulmões lá muito confiáveis, começava a perder o fôlego. Prosseguia ofegante, tentando concentrar todas as energias na fuga, mal mantendo os olhos abertos, tão atordoado que não conseguia sequer imaginar alguma maneira de escapar a não ser continuar em frente, quase esquecendo que podia utilizar as paredes, repletas de mobílias ricamente talhadas, cheias de saliências e reentrâncias.

De súbito, sentiu alguma coisa bater ao seu lado e rolar à sua frente, algo que fora violentamente arremessado. Era uma maçã, à qual logo outra se seguiu.

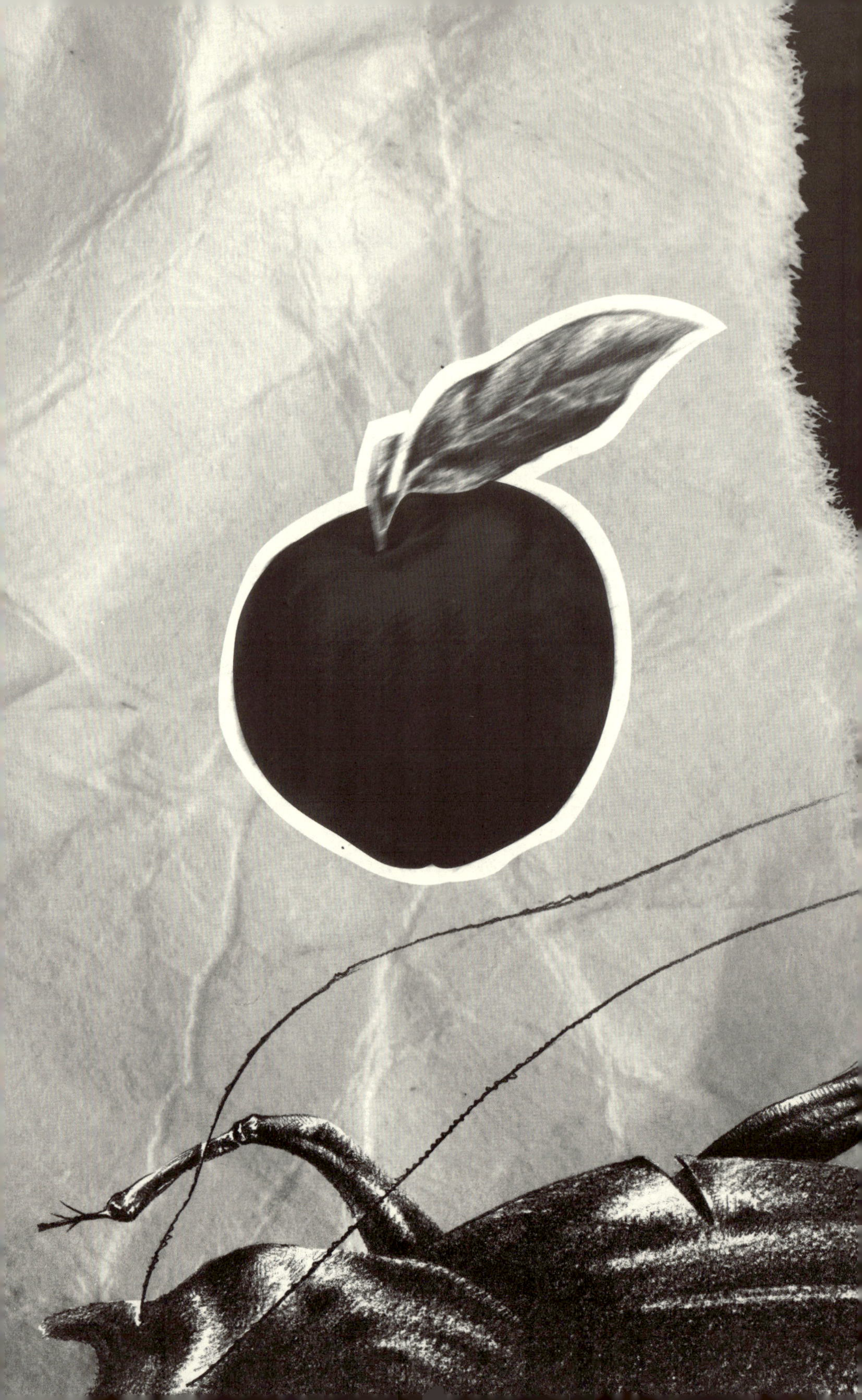

FRANZ KAFKA

Gregor deteve-se, assaltado pelo pânico. De nada servia continuar a fugir, uma vez que o pai resolvera bombardeá-lo. Tinha enchido os bolsos de maçãs, que tirara da fruteira do aparador, e atirava-as uma a uma, sem grandes preocupações de pontaria. As pequenas maçãs vermelhas rolavam no chão como que magnetizadas e engatilhadas umas nas outras. Uma delas, arremessada sem grande força, roçou o dorso de Gregor e se afastou sem causar dano. A que se seguiu, penetrou-lhe nas costas. Gregor tentou se arrastar para a frente, como se, fazendo-o, pudesse abandonar a incrível dor repentina, mas sentia-se pregado ao chão e só conseguiu esticar-se, completamente desorientado. Num último olhar, antes de perder a consciência, viu a porta se abrir de repente e a mãe entrar gritando à frente da filha, sem roupas de baixo, pois Grete tinha-a libertado da roupa para lhe permitir melhor respiração e reanimá-la. Viu ainda a mãe correr para o pai, deixando cair no chão as saias de baixo, uma após outra, tropeçar nelas e despencar nos braços do marido, em completa união com ele — naquele instante —, a vista de Gregor começava a falhar —, envolvendo as mãos ao redor do pescoço dele e pedindo-lhe que poupasse a vida do filho.

III

III

Como ninguém se aventurava a retirá-la, a maçã manteve-se cravada no corpo de Gregor como recordação visível da agressão, que lhe causara um grave ferimento, afetando-o havia mais de um mês. A ferida parecia ter feito com que o próprio pai se lembrasse de que Gregor era um membro da família, apesar do seu desgraçado e repelente aspecto atual, não devendo, portanto, ser tratado como inimigo; pelo contrário, o dever familiar impunha que esquecessem o desgosto e suportassem a tudo com paciência.

O ferimento tinha diminuído sua capacidade de movimentos, talvez para sempre, e agora eram necessários longos minutos para que se arrastasse pelo quarto, como um velho inválido; nas presentes condições, estava totalmente fora de questão a possibilidade de trepar pela parede.

Parecia-lhe que aquele agravamento da sua situação era suficientemente compensado pelo fato de terem passado a deixar aberta, ao anoitecer, a porta que dava para a sala de estar, a qual ele fitava de uma a duas horas antes, aguardando o momento em que, deitado na escuridão do quarto, invisível aos outros, podia vê-los sentados à mesa, sob a luz, e ouvi-los conversarem, numa espécie de comum acordo, bem diferente do que acontecia antes.

    É certo que não era a animação de outrora, da qual sempre recordara com certa saudade nos acanhados quartos de hotel em cujas camas úmidas se acostumara a cair, completamente esgotado. Agora, passavam a maior parte do tempo em silêncio. Pouco tempo após o jantar, o pai adormecia na cadeira de braços; a mãe e a irmã exigiam silêncio uma à outra. Enquanto a mãe, curvada sob o candeeiro, bordava peças finas para uma loja de roupas de baixo, a irmã, que se empregara como vendedora, estudava estenografia e francês, na esperança de melhor situação. De vez em quando, o pai acordava e, como se não tivesse consciência de que estivera dormindo, dizia à mãe:

— Hoje você já está costurando de novo há muito tempo!

E logo caía novamente no sono, enquanto as duas mulheres trocavam um sorriso cansado.

    Por qualquer estranha teimosia, o pai persistia em se manter de uniforme, mesmo em casa, e, enquanto o pijama repousava, inútil, pendurado no cabide, dormia completamente vestido onde quer que se sentasse, como se estivesse sempre pronto a entrar em ação e esperasse apenas uma ordem do superior. Em consequência, o uniforme, que, para começar, não era novo, começava a adquirir uma aparência suja, apesar dos enormes cuidados da mãe e da irmã para mantê-la limpa. Não raro, Gregor passava a noite fitando as muitas manchas de gordura do uniforme, cujos botões dourados se mantinham sempre brilhantes, dentro do qual o velho dormia sentado, por certo desconfortavelmente, mas com a maior tranquilidade.

    Logo que o relógio batia as dez, a mãe tentava despertar o marido com palavras doces e convencê-lo a ir para a cama, visto que daquela forma não dormiria descansado, e o sono seria importante a alguém que tinha de entrar no serviço às seis da manhã. Não obstante, com a teimosia que não o largava desde que se empregara no banco, insistia sempre em ficar à mesa até mais tarde, embora tornasse invariavelmente a cair no sono e por fim só a muito custo a mãe conseguisse que ele se levantasse e fosse para a cama. Por mais que mãe e filha insistissem com brandura, ele mantinha-se durante um quarto de hora balançando a cabeça, de olhos fechados, recusando-se a abandonar a cadeira. A mãe sacudia-lhe a manga, sussurrando ternamente ao ouvido dele, mas o pai não se deixava levar. Só quando ambas o erguiam pelas axilas, abria os olhos e as fitava, de uma para a outra, observando quase sempre:

— Isso que é vida! São meus merecidos dias de descanso da velhice!

Apoiando-se na mulher e na filha, erguia-se com dificuldade, como se não aguentasse o próprio peso, deixando que elas o conduzissem até à porta. Em seguida, ele as afastava e prosseguia sozinho, enquanto a mãe abandonava a costura e a filha pousava a caneta para correrem a ampará-lo no resto do caminho.

Naquela família exausta e assoberbada de trabalho, havia lá alguém que tivesse tempo para se preocupar com Gregor mais do que o estritamente necessário? O orçamento doméstico era cada vez mais reduzido. A criada fora despedida; uma grande empregada ossuda com cabelos brancos esvoaçantes vinha de manhã e à tarde para os trabalhos mais pesados; a mãe de Gregor se encarregava de todo o resto, incluindo a dura tarefa de bordar. Tinham-se visto até na obrigação de vender as joias da família, que a mãe e a irmã costumavam orgulhosamente usar nas festas e cerimônias, conforme Gregor descobriu uma noite, ouvindo-os discutir o preço pelo qual haviam conseguido vendê-las. Mas o que mais lamentavam era o fato

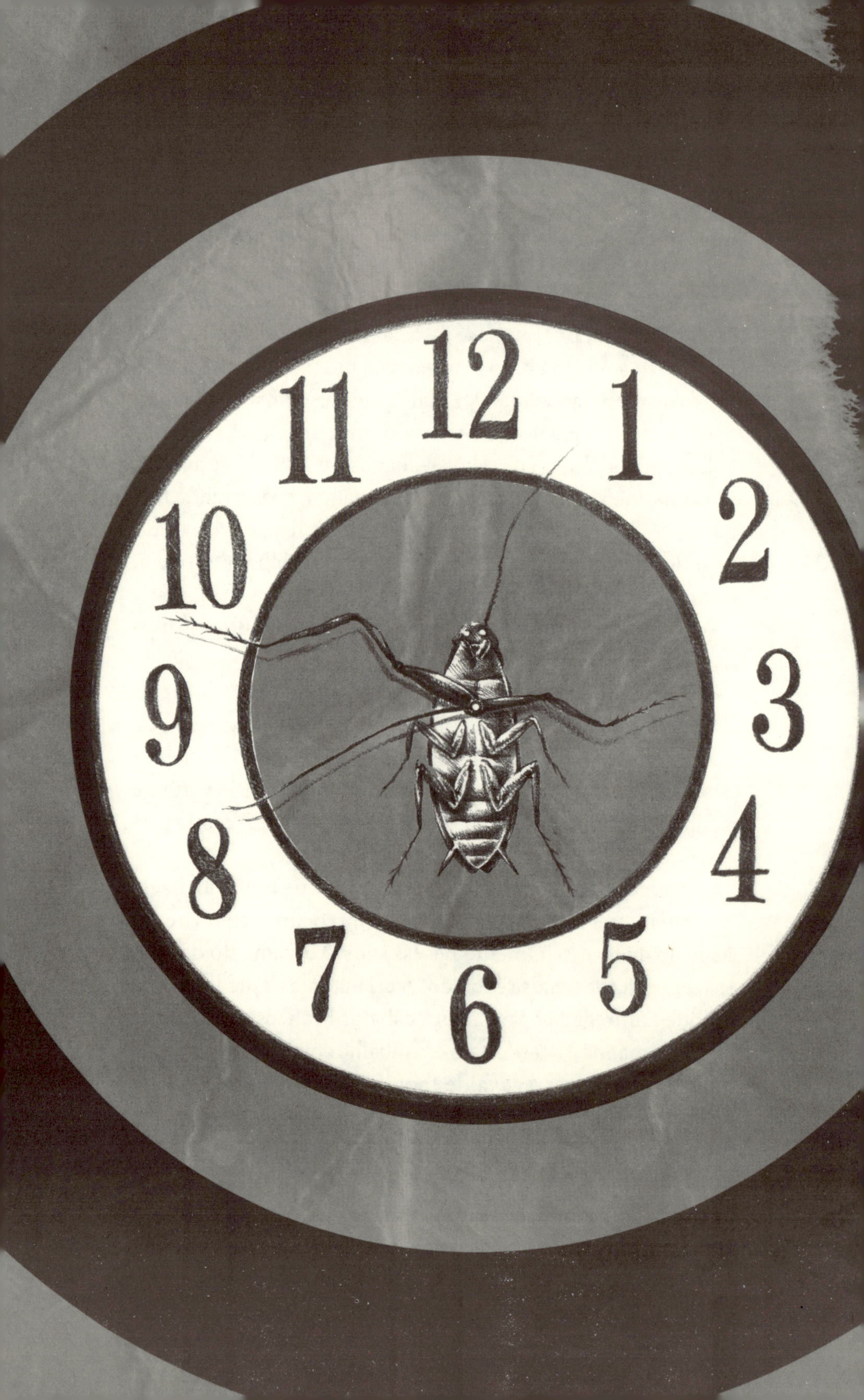
12
1
2
3
4
5
6
7
8
9
10
11

FRANZ KAFKA

de não poderem deixar a casa, que era demasiado grande para as necessidades atuais, pois não conseguiam imaginar meio algum de deslocar Gregor. Este bem via que não era a consideração pela sua pessoa o principal obstáculo à mudança, pois facilmente poderiam colocá-lo numa caixa adequada, com orifícios que lhe permitissem respirar. Não; o que, na verdade, os impedia de mudarem de casa era o próprio desespero e a convicção de que tinham sido isolados por uma infelicidade que nunca sucedera a nenhum dos seus parentes ou conhecidos. Passavam pelas piores provações que o mundo impunha aos pobres; o pai levava o café da manhã aos empregados de menor categoria do banco, a mãe gastava todas as energias confeccionando roupas de baixo para estranhos, e a irmã saltava de um lado para outro, atrás do balcão, às ordens dos fregueses, mas não dispunham de forças para mais. E a ferida que Gregor tinha no dorso parecia se abrir de novo quando a mãe e a irmã, depois de colocarem o pai na cama, deixavam seus trabalhos e se sentavam, com a cara encostada uma à outra. A mãe costumava então dizer, apontando para o quarto de Gregor:

— Feche a porta, Grete.

E lá ficava ele novamente mergulhado na escuridão, enquanto na sala ao lado as duas mulheres misturavam as lágrimas ou, quem sabe, se deixavam ficar à mesa, de olhos enxutos, contemplando o vazio.

De dia ou de noite, Gregor mal dormia. Muitas vezes assaltava-lhe a ideia de que, quando a porta fosse aberta novamente, voltaria a se encarregar dos assuntos da família, como sempre fizera; depois daquele longo intervalo, vinham-lhe mais uma vez ao pensamento as figuras do patrão e do gerente do escritório, dos caixeiros-viajantes e dos aprendizes, do estúpido do porteiro, de dois ou três amigos empregados em outras firmas, de uma camareira de um dos hotéis da província, uma

A METAMORFOSE

recordação doce e fugaz de uma vendedora de chapéus que cortejara com ardor, mas demasiado devagar — todas lhe vinham à mente, além de estranhos ou pessoas de que tinha se esquecido por completo. Mas nenhuma delas podia ajudar nem a ele nem à família, pois não havia maneira de contatá-las, pelo que se sentiu feliz quando desapareceram. Outras vezes, não estava com disposição para se preocupar com a família e apenas sentia raiva por tratarem-no com aquele descaso e, embora não tivesse ideias claras sobre o que lhe agradaria comer, arquitetava planos de assaltar a despensa, para se apoderar da comida que, no fim das contas, lhe cabia, apesar de não ter fome. A irmã não se incomodava em trazer o que mais lhe agradasse; de manhã e à tarde, antes de sair para o trabalho, empurrava com o pé, para dentro do quarto, a comida que houvesse à mão, e à noite retirava de novo com o auxílio da vassoura, sem se preocupar em verificar se ele a tinha ao menos provado ou — como era comum acontecer — havia deixado intacta. A limpeza do quarto, feita sempre à noite, não podia ser desempenhada com mais pressa. As paredes estavam cobertas de manchas de sujidade e, aqui e ali, viam-se bolas de lixo e de pó no assoalho. A princípio, quando a irmã chegava, Gregor costumava se colocar em um canto particularmente sujo, como se para repreendê-la por isso. Poderia ter passado semanas ali sem que ela fizesse nada para melhorar aquele estado de coisas; ela via a sujidade tão bem como ele; simplesmente, tinha decidido deixá-la tal como estava. E numa disposição pouco habitual e que parecia de certo modo ter contagiado toda a família, reservava-se, ciumenta e exclusivamente, o direito de tratar do quarto de Gregor. Certa vez a mãe procedeu a uma limpeza total do quarto, o que exigiu vários baldes de água — é claro que esta baldeação também incomodou Gregor, que teve de se manter estendido no sofá, perturbado e imóvel —, mas isso custou-lhe bom castigo. À noite, mal a filha chegou e viu a mudança no quarto, correu ofendidíssima para a sala de estar e, indiferente aos braços erguidos da mãe, entregou-se a uma crise de lágrimas. Tanto o pai, que evidentemente saltara da cadeira, como a mãe ficaram ali olhando para ela, surpresos e impotentes. Em seguida, ambos reagiram: o pai repreendeu de um lado a mulher por não ter deixado a limpeza do quarto para a filha e, de outro, gritou com Grete, proibindo-a de voltar a cuidar do aposento. Enquanto isso, a mãe tentava arrastar o marido, que estava fora de si, para o quarto de dormir. Agitada por soluços, Grete batia com os punhos na mesa. Gregor, enquanto isso, assobiava furiosamente por ninguém ter tido a ideia de fechar sua porta e poupá-lo de tão ruidoso espetáculo.

Admitindo que a irmã, exausta pelo trabalho diário, tivesse se cansado de tratar de Gregor como anteriormente fazia, não havia razão para a mãe intervir, nem para ele ser esquecido. Havia a empregada, que não temia Gregor, uma velha viúva cuja vigorosa ossatura lhe tinha permitido resistir às agruras de uma longa vida. Embora nada tivesse de curiosa, tinha certa vez aberto acidentalmente a porta do quarto de Gregor, o qual, apanhado de surpresa, desatara a correr para um lado e para outro, mesmo que ninguém o estivesse perseguindo, e, ao vê-lo, tinha ficado de braços cruzados. Dali em diante, nunca deixara de abrir um pouco a porta, de manhã e à tarde, para espreitá-lo. A princípio até o chamava, empregando expressões que certamente considerava simpáticas, tais como: "Venha cá, sua barata velha!", ou "Olhem só essa barata velha". Gregor não respondia a tais chamados — permanecia imóvel, como se não fosse com ele. Em vez de a deixarem incomodá-lo daquela maneira sempre que queria, bem podiam mandá-la fazer a limpeza do quarto todos os dias! Numa ocasião, de manhã cedo, num dia em que a chuva fustigava as vidraças,

A METAMORFOSE

talvez anunciando a chegada da primavera, Gregor ficou tão irritado quando ela começou de novo que correu em seu encalço, como se estivesse disposto a atacá-la, embora com movimentos lentos e fracos. A empregada, em vez de se assustar, limitou-se a erguer uma cadeira que estava junto da porta e a ficar ali de boca aberta, na patente intenção de só a fechar depois de jogar a cadeira sobre o dorso de Gregor.

— Então, já não se atreve mais? — perguntou, ao ver Gregor se afastar outra vez. Depois, voltou a colocar calmamente a cadeira em seu canto.

Ultimamente, Gregor quase não comia. Só quando passava por acaso junto da comida posta para ele, abocanhava um pedaço, à guisa de distração, conservando-o na boca durante coisa de uma hora, para então depois cuspir. Inicialmente pensara que era o desagrado pelo estado do quarto o que lhe tirara o apetite. Depressa se habituou às diversas mudanças no quarto. A família adquirira o hábito de atirar ali tudo o que não coubesse em outro lugar e, no momento, havia lá um monte de itens, pois um dos quartos tinha sido alugado a três hóspedes. Tratava-se de homens de aspecto grave — todos os três barbados, conforme Gregor verificara um dia, ao espreitar através de uma fenda na porta —, que tinham a paixão da arrumação, não apenas no quarto que ocupavam, mas também, como habitantes da casa, em toda ela, especialmente na cozinha. Não suportavam objetos supérfluos, para não falar de imundícies. Além disso, tinham trazido consigo a maior parte do mobiliário de que necessitavam. Isso tornava muitas das coisas dispensáveis; pois, não adequadas para a venda, mas também não sendo objetos que se queria jogar fora, eram acumuladas no quarto de Gregor, juntamente com o balde das cinzas e a lata do lixo da cozinha. Tudo o que não era necessário no momento, era, pura e simplesmente, atirado para o quarto de Gregor pela empregada, que fazia tudo às pressas. Por felicidade, Gregor só costumava ver o objeto, fosse qual fosse, e a mão que o segurava. Talvez ela pretendesse levar as coisas de volta quando fosse oportuno, ou juntá-las para um dia mais tarde as jogar fora de uma só vez; o fato era que as coisas iam ficando lá no próprio local para onde ela as atirava, exceto quando Gregor abria caminho por entre o monte de tralhas e as afastava um pouco, primeiramente por necessidade, por não ter espaço suficiente para rastejar, mas mais tarde por divertimento crescente, embora após tais excursões, morto de tristeza e cansaço, permanecesse inerte durante horas. Por outro lado, como os hóspedes jantavam frequentemente em casa, na sala de estar comum, a porta entre esta e o quarto de Gregor ficava muitas noites fechada; este sempre aceitara facilmente o isolamento, pois em muitas noites em que a deixavam aberta, tinham-no ignorado completamente, de modo que Gregor se enfiara no recanto mais escuro do quarto, inteiramente fora das vistas da família. Numa ocasião, a empregada deixou a porta entreaberta até à chegada dos hóspedes para jantar, momento em que se acendeu o candeeiro. Sentaram-se à cabeceira da mesa, nos lugares antigamente ocupados por Gregor, pelo pai e pela mãe, desdobraram os guardanapos e levantaram o garfo e a faca. A mãe assomou ediatamente à outra porta com uma travessa de carne, seguida de perto pela filha, que transportava outra com um montão de batatas. A comida fumegava. Os hóspedes se curvaram sobre ela, como se a examinando antes de se decidirem a comer. De fato, o homem do meio, que parecia dispor de uma certa autoridade sobre os outros, cortou um pedaço da carne da travessa, certamente para verificar se era tenra ou se havia que mandá-la de volta à cozinha. Mostrou um ar de aprovação, o que provocou na mãe e na irmã, observando-os ansiosamente, um suspiro de alívio e um sorriso de entendimento.

A METAMORFOSE

A família de Gregor comia agora na cozinha. Antes de dirigir-se para lá, o pai de Gregor vinha à sala de estar e, com uma única mesura, de quepe na mão, cumprimentava todos à mesa. Os hóspedes levantavam-se e murmuravam qualquer coisa por entre as barbas. Quando tornavam a ficar a sós, punham-se a comer, em quase completo silêncio. Gregor estranhou que, por entre os vários sons provenientes da mesa, fosse capaz de distinguir o som dos dentes mastigando a comida. Era como se alguém pretendesse lhe demonstrar que para comer era preciso ter dentes e que, se não os tivesse, ainda que possuíssem as melhores mandíbulas, ninguém conseguiria comer.

— Fome, tenho eu — disse tristemente Gregor, para si —, mas não é dessa comida. Esses hóspedes se empanturram enquanto eu aqui morro de fome.

Durante todo o tempo que ali passara, Gregor não se lembrava de alguma vez ter ouvido a irmã tocar; porém, naquela noite, ouviu o som do violino na cozinha. Os hóspedes tinham acabado de jantar. O do meio trouxera um jornal e dera uma página a cada um dos outros; reclinados para trás, liam-no, enquanto fumavam. Quando ouviram o som do violino, apuraram os ouvidos, levantaram-se e dirigiram-se na ponta dos pés até à porta do vestíbulo, onde se detiveram, colados uns aos outros, à escuta. Na cozinha, sem dúvida percebendo os seus movimentos, o pai de Gregor perguntou:

— Incomoda-os o som do violino, meus senhores? Se incomodar, paro agora.

— Pelo contrário — replicou o hóspede do meio. — A srta. Samsa não poderia vir tocar na sala, onde é mais apropriado e confortável?

— Ah, com certeza — respondeu o pai de Gregor, como se fosse ele o violinista.

FRANZ KAFKA

Os hóspedes regressaram à sala de estar, onde ficaram à espera. Logo em seguida, apareceu o pai de Gregor com a estante de música, a mãe com a partitura e a irmã com o violino. Grete fez silenciosamente os preparativos para tocar. Os pais, que nunca tinham alugado quartos e, por esse motivo, tinham uma noção exagerada da cortesia devida aos hóspedes, não se atreveram a sentar-se nas próprias cadeiras. O pai se encostou à porta, com a mão direita enfiada entre dois botões do casaco, cerimoniosamente abotoado até em cima. Quanto à mãe, um dos hóspedes ofereceu-lhe a cadeira, onde ela se sentou em uma borda, sem sequer se mexer do local onde ele a colocara.

A irmã de Gregor começou a tocar, enquanto os pais, sentados de um lado e do outro, observavam atentamente os movimentos de suas mãos. Atraído pela música, Gregor aventurou-se a avançar ligeiramente, até colocar a cabeça dentro da sala de estar. Quase não se surpreendia com a sua crescente falta de consideração para com os outros; fora-se o tempo em que se orgulhava de ser discreto. A verdade, porém, é que, agora mais do que nunca, havia motivos para ocultar-se: dada a espessa quantidade de pó que lhe enchia o quarto e que se levantava no ar ao menor movimento, ele próprio estava coberto de pó. Ao se deslocar, arrastava atrás de si fios, cabelos e restos de comida, que se agarravam ao seu dorso e aos flancos. A sua indiferença em relação a tudo era grande demais para se dar ao trabalho de se deitar de costas e se esfregar no tapete, para se limpar, como antigamente fazia várias vezes ao dia. E, apesar daquele estado, não teve qualquer vergonha de avançar um pouco mais sobre o assoalho imaculado da sala.

Era evidente que ninguém percebera sua presença. A família estava totalmente absorta no som do violino, mas os hóspedes, que inicialmente tinham permanecido de pé, com as mãos nos bolsos, quase em cima da estante de música, de tal maneira

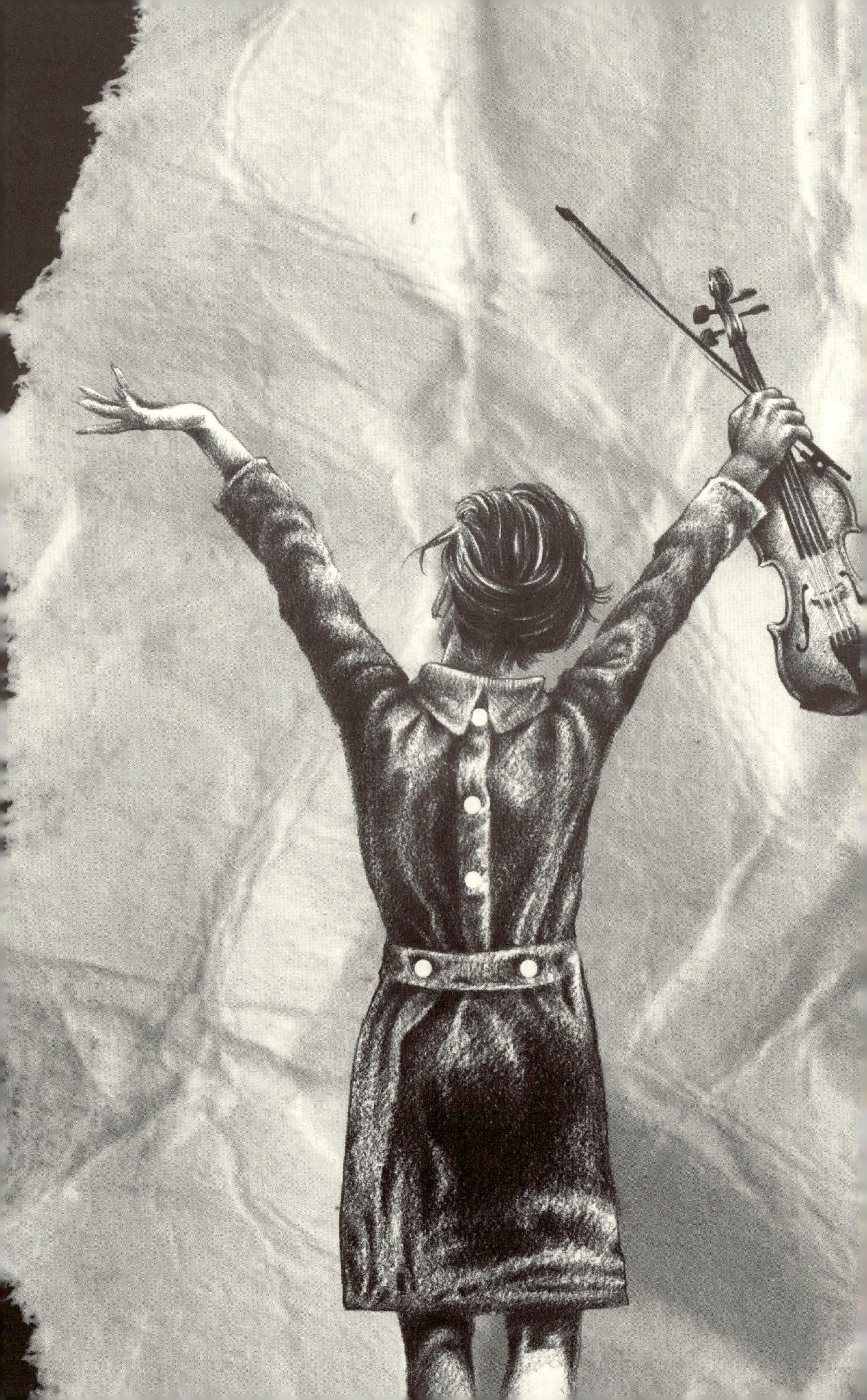

que por pouco poderiam ler também as notas, o que devia ter perturbado a irmã, logo tinham se afastado para junto da janela, onde sussurravam de cabeça baixa, e ali permaneceram até que o sr. Samsa começou a fitá-los ansiosamente. De fato, era por demais evidente que tinham se decepcionado em suas esperanças de ouvirem uma execução interessante ou de qualidade, que estavam saturados da audição e apenas continuavam permitindo que ela lhes perturbasse o sossego por mera questão de cortesia. Sua irritação era notada pela maneira como sopravam a fumaça dos charutos no ar, pela boca e pelo nariz. Grete estava tocando tão bem! Tinha o rosto inclinado para o instrumento, e os olhos tristes seguiam atentamente a partitura. Gregor arrastou-se um pouco mais para diante e baixou a cabeça para o chão, a fim de poder encontrar o olhar da irmã. Poderia ser que realmente fosse um animal, quando a música tinha tal efeito sobre ele? Parecia abrir diante de si o caminho para o alimento desconhecido que tanto desejava. Estava decidido a continuar o avanço até chegar ao pé da irmã e lhe puxar pela saia, para dar a entender que ela deveria ir tocar no quarto dele, pois ali ninguém apreciava a sua música como ele. Nunca a deixaria sair do seu quarto, pelo menos enquanto vivesse. Pela primeira vez, o aspecto repulsivo seria de utilidade: poderia vigiar imediatamente todas as portas do quarto e cuspir a qualquer intruso. A irmã não precisava se sentir forçada, porque ficaria à vontade com ele. Grete se sentaria no sofá junto dele e Gregor se inclinaria para lhe dar a entender que ainda tinha a firme disposição de matriculá-la no conservatório e que, se não fosse a desgraça que lhe acontecera no Natal anterior — será que o Natal fora há muito tempo? —, teria anunciado a decisão a toda a família, não permitindo qualquer objeção. Depois de tal confidência, a irmã desataria em pranto e Gregor se levantaria até se apoiar no ombro dela e beijaria seu pescoço, que ela mantinha sem colares desde que começara a trabalhar na loja.

— Sr. Samsa! — gritou o hóspede do meio ao pai de Gregor, ao mesmo tempo que, sem desperdiçar mais palavras, apontava para Gregor, que lentamente se esforçava para avançar.

O violino calou-se e o hóspede do meio começou a sorrir para os companheiros, acenando com a cabeça. Depois tornou a olhar para Gregor. Em vez de enxotá-lo, o pai parecia julgar mais urgente acalmar os hóspedes, embora estes não estivessem nada agitados e até parecessem mais divertidos com ele do que com a audição de violino. Correu até os homens e, estendendo os braços, tentou convencê-los a voltarem ao quarto que ocupavam, ao mesmo tempo que lhes ocultava a visão de Gregor. Naquele momento, eles começaram a ficar incomodados, não se sabia mais se era pelo comportamento do velho ou porque compreendessem, de repente, que tinham Gregor como vizinho de quarto. Pediram-lhe satisfações, agitando os braços no ar como ele, ao mesmo tempo que cofiavam inquietos suas barbas, e só relutantemente recuaram para o quarto que lhes estava destinado. A irmã de Gregor, que ali se deixara ficar, desamparada, depois de tão brusca interrupção da sua execução musical, caiu novamente em si, endireitou-se, depois de um instante segurando o violino e o arco e fitando a partitura, atirou o violino no colo da mãe, que permanecia na cadeira lutando com um acesso de asma, e correu para o quarto dos hóspedes, para onde o pai os conduzia, agora com maior rapidez. Com gestos hábeis, compôs os travesseiros e as colchas. Os hóspedes ainda não tinham chegado ao quarto quando saiu porta afora, deixando as camas feitas.

O velho parecia uma vez mais tão dominado pela sua autoconfiança obstinada que esqueceu completamente o respeito devido aos hóspedes. Continuou a empurrá-los para a porta do quarto, até que o hóspede do meio, ao chegar à porta, bateu ruidosamente o pé no chão, obrigando-o a se deter. Levantando a mão e olhando igualmente para mãe e filha, falou:

— Se me permitem, devo informá-los de que, devido às repugnantes condições desta casa e da família — e aqui cuspiu no chão, com ênfase eloquente —, já não preciso mais do quarto. É claro que não pagarei um tostão pelos dias que passei aqui; muito pelo contrário, vou pensar seriamente em abrir uma ação de perdas e danos contra os senhores, com base em argumentos para os quais, podem crer, há provas mais que suficientes.

Interrompeu-se e ficou olhando para a frente, como se esperasse alguma coisa. De fato, os dois companheiros entraram na questão:

— E nós também desistimos do quarto.

Em seguida, o hóspede do meio agarrou a maçaneta e fechou-a com um estrondo.

Cambaleante e tateando o caminho, o pai de Gregor deixou-se cair na cadeira. Quase parecia distendendo-se para a habitual sesta da noite, mas os espasmódicos movimentos da cabeça, que se revelavam incontroláveis, mostravam que não estava na disposição de dormir. Durante tudo aquilo, Gregor limitara-se a ficar quieto no mesmo local onde os hóspedes o tinham surpreendido. Não conseguia se mover, em face do desapontamento e da derrocada dos seus projetos e também, quem sabe, devido à fraqueza resultante de vários dias sem comer. Com certo grau de certeza, temia que a qualquer momento a tensão geral se descarregasse num ataque à sua pessoa, e aguardava-o. Nem sequer se assustou com o barulho do violino, que escorregou do colo da mãe e caiu no chão.

— Queridos pais — disse a irmã, batendo a mão na mesa, à guisa de introdução —, as coisas não podem continuar neste

A METAMORFOSE

pé. Talvez não entendam o que está acontecendo, mas eu entendo. Não pronunciarei o nome do meu irmão na presença desta criatura e, portanto, só digo isto: temos que nos livrar dela. Tentamos cuidar desse bicho e suportá-lo até onde era humanamente possível, e acho que ninguém pode nos censurar de forma alguma.

— Ela tem toda a razão — disse o pai, para si.

A mãe, ainda em estado de choque por causa da falta de ar, começou a tossir em tom surdo, pondo a mão à frente da boca, com um olhar selvagem.

A irmã correu para junto dela e amparou-lhe a testa. As palavras de Grete pareciam ter acalmado os pensamentos errantes do pai. Ele endireitou-se na cadeira, tateando o boné do uniforme que estava junto aos pratos dos hóspedes, ainda na mesa, e, de vez em quando, olhava para a figura imóvel de Gregor.

— Temos que nos livrar dele — repetiu Grete, explicitamente ao pai, já que a mãe tossia tanto que não ouvia uma palavra. — Ele ainda será a causa da sua morte, estou vendo. Quando se tem de trabalhar tanto como todos nós, não se pode suportar, ainda por cima, esse tormento constante em casa. Pelo menos, eu já não aguento mais. — E pôs-se a soluçar tão dolorosamente que suas lágrimas caíram no rosto da mãe, que as enxugava mecanicamente.

— Mas o que nós podemos fazer, querida? — perguntou o pai, solidário e compreensivo.

A filha limitou-se a encolher os ombros, mostrando a sensação de desespero que a dominava, em flagrante contraste com a segurança de antes.

— Se ele nos notasse... — continuou o pai, quase como se fizesse uma pergunta. Grete, que continuava a soluçar, agitou veementemente a mão, dando a entender como aquilo era impensável. — Se ele nos notasse — repetiu o velho, fechando os olhos, para avaliar a convicção da filha de que não havia qualquer possibilidade de entendimento —, talvez pudéssemos chegar a um acordo com ele. Mas assim...

— Ele tem de ir embora! — gritou a irmã de Gregor. — É a única solução, pai. O senhor precisa tirar da cabeça a ideia de que aquilo é o Gregor. A causa de todos os nossos problemas é precisamente termos acreditado nisso durante tempo demais. Como aquilo pode ser o Gregor? Se realmente fosse ele, já teria entendido há muito tempo que as pessoas não podem viver com semelhante criatura e teria ido embora por vontade própria. Não teríamos mais o meu irmão, mas poderíamos continuar a viver e a respeitar sua memória. Da forma como está, essa criatura nos persegue e afugenta nossos hóspedes. É evidente que ele quer a casa toda só para ele e, por sua vontade, íamos todos dormir na rua. Veja, pai... — Estremeceu de súbito. — Lá está ele outra vez!

E num acesso de pânico que Gregor não conseguiu compreender, largou até a mãe, puxando-lhe literalmente a cadeira, como se preferisse sacrificar a mãe a estar perto de Gregor. Às pressas, refugiou-se atrás do pai, que também se levantou da cadeira, preocupado com a agitação dela, e estendeu um pouco os braços, como se quisesse protegê-la.

Gregor não tivera a menor intenção de assustar ninguém, e muito menos a irmã. Tinha simplesmente começado a se virar para rastejar de volta ao quarto. Compreendia que a operação devia causar medo, pois estava tão enfraquecido que só lhe era possível efetuar a rotação erguendo a cabeça e apoiando-se com ela no chão a cada passo. Parou e olhou em volta. Pareciam ter compreendido a pureza das suas intenções, e o alarme fora apenas passageiro; agora todos se encontravam em silêncio melancólico. A mãe continuava sentada, com as pernas rigidamente

A METAMORFOSE

esticadas e comprimidas uma contra a outra, com os olhos fechando-se de exaustão. Já o pai e a irmã estavam sentados ao lado um do outro, a irmã com um braço passado em torno do pescoço do pai.

"Talvez agora me deixem fazer a volta", pensou Gregor, retomando sua tarefa. Não podia evitar resfolegar de esforço e, de vez em quando, era forçado a parar e recuperar o fôlego. Ninguém o apressou, deixando-o completamente entregue a si próprio. Completada a volta e novamente reto, começou imediatamente a rastejar ao quarto. Ficou surpreendido com a distância que o separava dele e não conseguiu entender como tinha sido capaz de cobri-la há pouco, quase sem notar. Concentrado na tarefa de rastejar o mais depressa possível, mal reparou que nem um som nem uma exclamação da família perturbavam seu avanço. Só quando estava no limiar da porta é que virou a cabeça para trás, não completamente, porque os músculos do pescoço estavam enrijecendo, mas o suficiente para verificar que ninguém tinha se mexido atrás dele, exceto a irmã, que se pusera de pé. Seu último olhar foi para a mãe, que ainda não mergulhara completamente no sono.

Mal tinha entrado no quarto, sentiu fecharem a porta às pressas e virarem a chave. O súbito ruído atrás de si assustou-o tanto que as perninhas fraquejaram. Fora a irmã quem se apressara daquela forma. Havia se mantido em pé, à espera, e dera um salto para fechar a porta. Gregor, que nem tinha percebido sua aproximação, escutou a voz:

— Até que enfim! — exclamou ela para os pais, ao girar a chave na fechadura.

— E agora? — perguntou Gregor a si mesmo, relanceando os olhos pela escuridão.

Não tardou a descobrir que não podia mexer as pernas. Isso não o surpreendeu, pois o que achava pouco natural era

FRANZ KAFKA

que alguma vez tivesse sido capaz de aguentar-se em cima daquelas frágeis perninhas. Tirando isso, sentia-se relativamente bem. É certo que lhe doía o corpo todo, mas parecia-lhe que a dor estava diminuindo e que em breve desapareceria. A maçã podre e a zona inflamada do dorso em torno dela quase não o incomodavam. Pensou na família com ternura e amor. Sua decisão de partir era, se possível, ainda mais firme que a da irmã. Deixou-se ficar naquele estado de vaga e calma meditação até o relógio da torre bater as três da manhã. Uma vez mais, os primeiros alvores do mundo que havia para além da janela penetraram-lhe a consciência. Depois, sua cabeça pendeu inevitavelmente para o chão, e suas narinas soltaram um último e débil suspiro.

    Quando a empregada chegou pela manhã — batendo violentamente as portas, usando toda a força e impaciência, por mais que lhe recomendassem não o fazer, já que ninguém mais conseguia um sono tranquilo quando ela estava lá —, não viu nada de especial ao espreitar para dentro do quarto de Gregor, como sempre costumava fazer. Pensou que ele estava se mantendo imóvel de propósito, fingindo-se amuado, pois julgava-o capaz das maiores espertezas. Tinha à mão a vassoura de cabo comprido, e com ela tentou fazer cócegas em Gregor, a partir da entrada da porta. Ao ver que nem isso surtia efeito, irritou-se e o empurrou com um pouco mais de força, e só começou a sentir curiosidade quando notou que o tinha afastado de onde ele estava sem encontrar resistência alguma. Ao compreender de repente o que sucedera, arregalou os olhos e, deixando escapar um assobio, não perdeu mais tempo pensando no assunto; escancarou a porta do quarto dos Samsa e gritou a plenos pulmões para a escuridão:

    — Venham só ver isto: ele morreu! Está ali estendido, morto!

A METAMORFOSE

O sr. e a sra. Samsa ergueram-se na cama e, ainda sem entender completamente o alcance da exclamação da empregada, tiveram certa dificuldade para superar o choque que lhes produzira. Em seguida, saltaram da cama, cada um do seu lado. O sr. Samsa pôs um cobertor nos ombros; a sra. Samsa saiu de camisola, tal como estava. E foi assim que entraram no quarto de Gregor. Naquele meio-tempo, abrira-se também a porta da sala de estar, onde Grete dormia desde a chegada dos hóspedes; estava completamente vestida, como se não tivesse chegado a se deitar, o que parecia ser confirmado igualmente pela palidez do rosto.

— Morto? — perguntou a sra. Samsa, olhando interrogativamente para a criada, embora pudesse ter verificado por si própria e o fato fosse de tal modo evidente que dispensava qualquer investigação.

— Parece-me que sim — respondeu a criada, que confirmou empurrando o corpo inerte para um dos extremos do quarto, com a vassoura.

A sra. Samsa fez um movimento como que para impedir o movimento da vassoura, mas logo se deteve.

— Muito bem — disse o sr. Samsa —, louvado seja Deus.

Fez o sinal da cruz, gesto que foi repetido pelas três mulheres. Grete, que não conseguia afastar os olhos do cadáver, comentou:

— Vejam só como ele estava magro. Há tanto tempo que não comia! Da forma como a comida era levada para ele, era retirada depois, intocada.

Efetivamente o corpo de Gregor apresentava-se espalmado e seco, agora que se podia ver de perto e sem estar apoiado nas patas.

FRANZ KAFKA

— Entre um pouquinho aqui conosco, Grete — disse a sra. Samsa, com um sorriso trêmulo.

A filha seguiu-os até ao quarto, sem deixar de se virar para ver o cadáver. A empregada fechou a porta e escancarou a janela. Apesar de ser ainda muito cedo, sentia-se um certo calor no ar matinal. No fim das contas, já era o fim de março.

Emergindo do quarto, os hóspedes admiraram-se de não ver desjejum preparado. Tinham sido esquecidos.

— Onde está o nosso café da manhã? — perguntou altivamente o hóspede do meio à criada.

Esta, porém, levou o dedo aos lábios e, sem uma palavra, indicou-lhes de maneira apressada o quarto de Gregor. Para lá se dirigiram e ali ficaram com as mãos nos bolsos dos casacos um tanto puídos, em torno do cadáver de Gregor, no quarto agora muito bem iluminado.

Àquela altura, abriu-se a porta do quarto dos Samsa e apareceu o pai, uniformizado, dando uma das mãos à mulher e outra à filha. Aparentavam todos um certo ar de terem chorado e, de vez em quando, Grete escondia o rosto no braço do pai.

— Saiam imediatamente da minha casa! — exclamou o sr. Samsa, apontando a porta, sem deixar de dar os braços à mulher e à filha.

— O que o senhor está querendo dizer com isso? — interrogou-o o hóspede do meio, um tanto pego de surpresa, com um débil sorriso. Os outros dois puseram as mãos atrás das costas e começaram a esfregá-las, como se aguardassem, felizes, a concretização de uma disputa da qual haviam de sair vencedores.

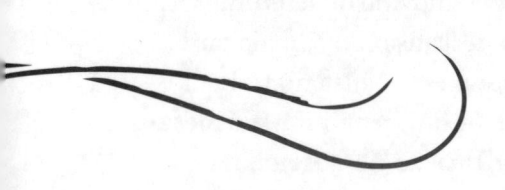

— Quero dizer exatamente o que disse — respondeu o sr. Samsa, avançando para o hóspede, juntamente com as duas mulheres.

A METAMORFOSE

O interlocutor se manteve no lugar, momentaneamente calado e fitando o chão, como se tivesse havido uma mudança no rumo dos seus pensamentos.

— Então com certeza sairemos — respondeu depois, erguendo os olhos para o sr. Samsa, como se, num súbito acesso de humildade, esperasse que tal decisão fosse novamente ratificada.

O sr. Samsa limitou-se a acenar uma ou duas vezes com a cabeça, arregalando também os olhos. Na circunstância, o hóspede encaminhou-se para o vestíbulo com largas passadas. Os dois amigos, que escutavam a troca de palavras e tinham deixado momentaneamente de esfregar as mãos, apressaram-se a segui-lo, como se receassem que o sr. Samsa chegasse primeiro ao vestíbulo e assim os impedisse de se juntarem ao chefe. No vestíbulo, recolheram os chapéus e as bengalas, fizeram uma mesura silenciosa e deixaram a casa. Com uma desconfiança que se revelou infundada, o sr. Samsa e as duas mulheres seguiram-nos até ao patamar; debruçados sobre o corrimão, acompanharam com o olhar a lenta, mas decidida, progressão escada abaixo das três figuras, que ficavam ocultas no patamar de cada andar pelos quais iam passando, logo voltando a aparecer no instante seguinte. Quanto menores se tornavam na distância, menor se tornava o interesse da família Samsa em acompanhá-los. Quando um entregador de carne, subindo altivamente as escadas com o tabuleiro à cabeça, passou diante deles, o sr. Samsa e as duas mulheres acabaram por abandonar o patamar e entrar em casa, como se um peso tivesse sido removido de seus ombros. Resolveram passar o resto do dia descansando e, mais tarde, dar um passeio. Além de merecerem essa pausa no trabalho, necessitavam absolutamente dela. Assim, sentaram-se à mesa e escreveram três cartas de justificação de ausência: o sr.

FRANZ KAFKA

Samsa à gerência do banco, a sra. Samsa ao empregador e Grete ao dono da loja. Enquanto escreviam, apareceu a empregada e avisou que ia sair naquele momento, pois já tinha acabado o trabalho da manhã.

A princípio, limitaram-se a fazer um sinal afirmativo com a cabeça, sem sequer levantarem a vista, mas, como ela continuou ali parada, eles a encararam com irritação.

— Sim? — disse o sr. Samsa.

A criada sorria no limiar da porta, como se tivesse boas notícias para lhes dar, mas não estivesse disposta a dizer uma palavra, a menos que fosse diretamente interrogada. A pena de avestruz espetada no chapéu dela, com que o sr. Samsa implicava desde o dia em que a mulher pisara na casa pela primeira vez para trabalhar, agitava-se animadamente em todas as direções.

— Sim, o que há? — perguntou a sra. Samsa, por quem a empregada tinha mais respeito do que aos outros.

— Bem — replicou a criada, rindo de tal maneira que não conseguiu prosseguir de imediato —, era só isto: não é preciso se preocuparem em como se livrar daquilo no quarto ao lado. Eu já tratei de tudo.

A sra. Samsa e Grete curvaram-se novamente sobre as cartas, parecendo preocupadas. O sr. Samsa, percebendo que ela estava ansiosa por começar a relatar todos os pormenores do que tinha feito, interrompeu-a com um gesto decisivo.

Não lhe sendo permitido contar a história, a mulher lembrou-se da pressa que tinha e, obviamente ressentida, despediu-se com:

— Bom dia a todos.

Em seguida, deu meia-volta às pressas e se foi num assustador bater de portas.

A METAMORFOSE

— Esta noite vamos despedi-la — disse o sr. Samsa, mas nem a mulher nem a filha deram qualquer resposta, pois a criada parecia ter perturbado novamente a tranquilidade que mal tinham recuperado. Levantaram-se ambas e foram-se postar à janela, muito agarradas uma à outra. O sr. Samsa virou-se na cadeira, para observá-las durante alguns instantes. Depois dirigiu-se a elas:

— Então, então! O que já passou, passou. Agora me deem um pouco mais de atenção.

As duas mulheres responderam imediatamente ao apelo e voltaram para junto dele, acariciaram-no e se puseram a terminar logo as cartas.

Depois os três saíram juntos de casa, coisa que não sucedia havia meses, e pegaram um bonde elétrico em direção ao campo, nos arredores da cidade. Ali dentro, onde eram os únicos passageiros, sentia-se o calor do sol. Confortavelmente reclinados nos assentos, falaram das perspectivas futuras, que, no fim das contas, não eram assim tão ruins. Discutiram os empregos que tinham, o que nunca tinham feito até então, e chegaram à conclusão de que eram estupendos e pareciam promissores. A melhor maneira de atingirem uma situação menos apertada era, evidentemente, se mudarem para uma casa menor, mais barata, mas também mais bem localizada e mais fácil de administrar que a anterior, cuja escolha fora feita por Gregor. Enquanto conversavam sobre esses assuntos, o sr. e a sra. Samsa notaram, de súbito, quase ao mesmo tempo, a crescente vivacidade de Grete. Apesar de todos os desgostos dos últimos tempos, que a haviam tornado pálida, tinha se transformado numa moça bonita e esbelta. O reconhecimento dessa transformação tranquilizou-os e, quase inconscientemente, trocaram olhares de aprovação total, concluindo que se aproximava o momento de lhe arranjarem um bom marido. E como se fosse uma confirmação de seus novos sonhos, terminado o passeio, a filha foi a primeira a se levantar, alongando o corpo jovem diante deles.

SOBRE O AUTOR

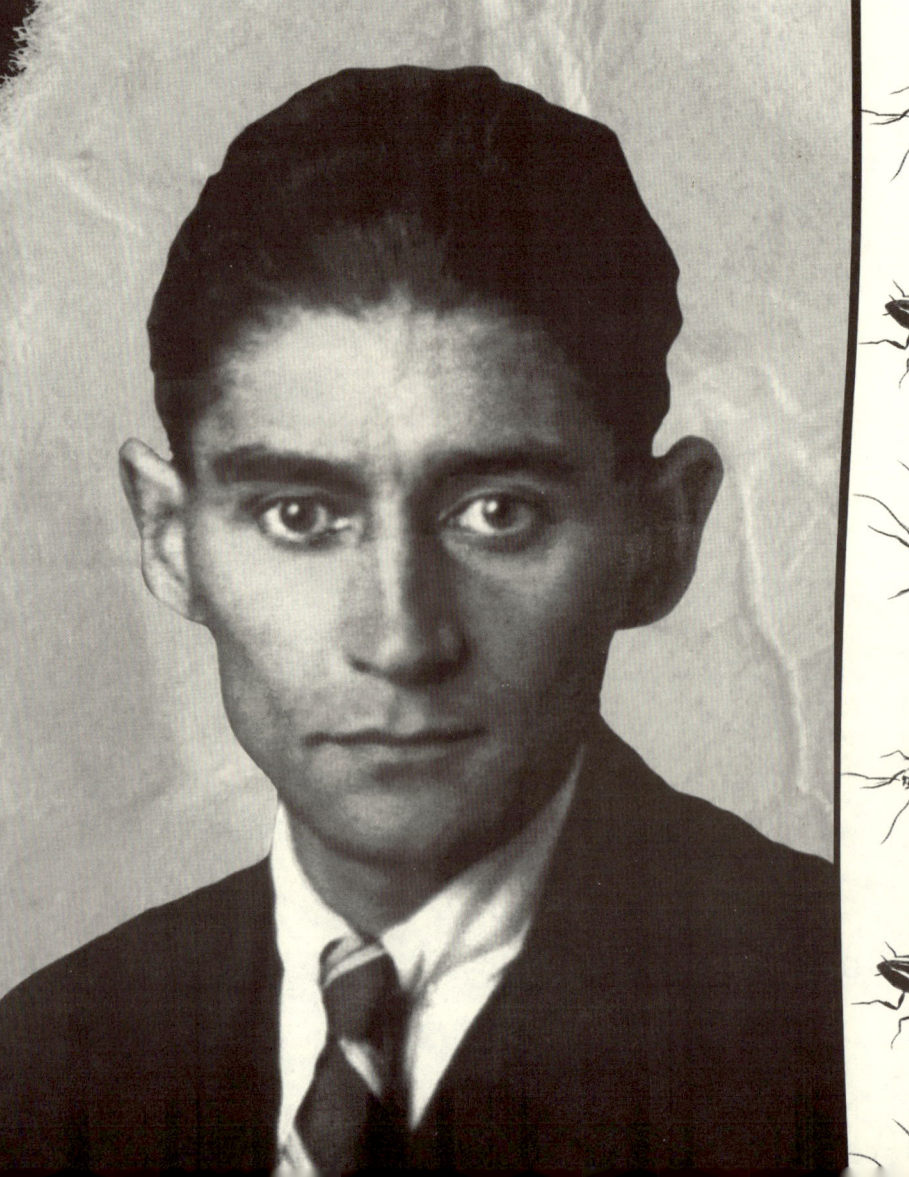

FRANZ KAFKA (1883-1924) foi um escritor tcheco cujas obras possuem traços expressionistas e estão inseridas na literatura moderna.

Nascido em Praga, na época do império austro-húngaro, é filho de Julie Kafka e Hermann Kafka — rico comerciante judeu —, e cresceu sob forte influência das culturas judia, tcheca e alemã. Sua infância e adolescência foram marcadas por intensa ansiedade e insegurança diante da figura paterna — que lhe atribuiu altas expectativas e, sentindo-se frustrado com o desenvolvimento do filho, passou a tratá-lo de forma agressiva desde então. Suas obras também refletiam sua vida, mas tinham a força de libertá-lo do universo familiar em que vivia.

É possível observar como a sensação de desaparecimento vai tomando conta dele apenas olhando para os nomes dos personagens nos escritos em sequência. Em *Metamorfose*, o personagem central é "Gregor Samsa", em *O Processo*, seu personagem é apenas nomeado como "Josef K." e, em *O Castelo*, o personagem é nomeado com apenas um "K".

De 1901 a 1906, ele estudou direito na Universidade de Praga, onde conheceu seu grande amigo Max Brod, e posterior biógrafo. Max descrevia Kafka como tímido e pouco ligado à fama. Em testamento, o autor pediu ao amigo para que ele queimasse todas as suas obras, algo que Max se recusou a fazer. Boa parte da obra de Kafka é composta por contos, mas ele também escreveu três romances, embora não tenha terminado nenhum.

Kafka faleceu com apenas 41 anos, na Áustria, em decorrência de tuberculose.

**ASSINE NOSSA NEWSLETTER E RECEBA
INFORMAÇÕES DE TODOS OS LANÇAMENTOS**

www.faroeditorial.com.br

Veríssimo

ESTA OBRA FOI IMPRESSA
EM ABRIL DE 2023